插图版

骰子游戏

陈希米 著

湖南文艺出版社
博集天卷
·长沙·

"写作吧。"
"为谁写作？"
"为那已死去的，为那你曾经爱过的。"
"他们会读我的书吗？"
"不会！"[1]

1.引自克尔凯郭尔为《恐惧与战栗》拟写的原题记。

目录

Contents

骰子游戏 | 001
痊愈与断路 | 013
艺术家在场（外一篇）| 035
死之后 | 047
萨拉邦德 | 079
深奥者的朋友 | 091
关于深奥者的意犹未尽 | 107
迎接 | 123
三月雪 | 145

彦和周围的二三事 | 175

练习死亡 | 201

一件小事 | 229

抵达 | 239

荡漾的笑意 | 257

一

骰子游戏

相爱的人儿一定要在一起玩一玩骰子游戏。每一个选项都是打开对方的钥匙,每一次掷投都是献给对方的厚礼,当然也还有每一种尴尬作为伤口渐渐加深或者彻底治愈……

起初，只有一点微小的迹象，你根本察觉不到，所以最后惨烈或辉煌的结局总是找不到起始的那一刻。如果你没有觉察，也许就是没有，没有起始的那一刻。

　　也有时鲜明，有时结局来得很快，比如《原罪·宿命》[1]里的那个茄子，在你因那个又光又大的茄子把你的自行车猛地扭向马路中央而将你甩出几米之远甩到一辆急刹车的轮子下面之后，结局马上就出现了，腰包里的护照签证机票全部作废，你成了一个被撞断脊髓的年轻人，然后你或许成为一个自强不息的榜样，或许艰辛贫困一辈子，老了无儿无女，无依无靠……这一生里，总能想起那个茄子，那个耽搁了人一生的茄子，它那么突兀，毫无缘由，专程来一趟，目的就是毁了你。

　　无论怎样大的转折，完成它只需要一个茄子就够了。无论多么精微的一刻，那一刻成为最后一击的起点，当你回溯时才会惊讶无比。

　　你想起来，"在离出事地点大约二百米远的时候，我遇见了一个熟人。我记起来了，我吹着口哨吹着货郎的咏叹调看见了他，他摇着扇子在便道上走，我说嘿！——他回过头来辨认一下，说，嗷——我说干吗去你？他说凉快够了回家睡觉去，到家里坐坐吧？他家就在前面五十米处的一座楼房里。我说不了，明天见吧我不下

---

1. 史铁生作品。

车了。我们互相挥手致意一下，便各走各的路去。我虽未下车，但在说以上那几句话时我记得我捏了一下闸，没错儿我是捏了一下车闸，捏一下车闸所耽误的时间是多少呢？一至五秒总有了"[1]。

——你发现似乎找到了那个起点，车闸。

"是的，如果不是在那儿与他耽误了一至五秒，我则会提前一至五秒轧到那只茄子，当然当然，茄子无疑还会把我的车轮扭向左，我也照样还会躺倒在马路中央去，但以后的情况就起了变化，汽车远远地见一个家伙扑向马路中央，无论是谁汽车会不停下么？不会。汽车停下了。离我仅一寸之遥。"[2]就是说如果没有捏那一下车闸，一切就会是另一个模样，汽车及时停住，你的护照签证机票就仍然有效。然而之所以有那一下刹车，不是因为那个熟人吗？他为什么要出现？他住在我的回家之路上，并且在那一刻决定起身回去睡觉，是"蓄意"的吗？那么你，为什么那天晚上要出门？——因为看歌剧《货郎与小姐》，为什么看？谁送的票？——谁就是罪魁祸首？

你终于明白，你终究找不到那致命的起点。必须相信这是命。宿命的意思是说，你毫无责任，一切都是上帝之手，你不过是随波逐流。但是，但是你可以找到你的决定：今天晚上去看歌剧还是不去——是我们自己决定的；是坐公交车去还是骑自行车去——也是我们决定的——我们还是有决定权？上帝只是放置茄子，听不听歌

1.引自《原罪·宿命》。
2.同上。

剧是你选的，但你不知道你的选项意味什么。其实上帝的茄子总要有去处，不是给你就是给他，上帝从来不看是谁碰上了他的茄子，因为他还有许多香蕉、苹果、大鸭梨。

我们还发现看戏就要出门，出门就要骑车，回家必走必经之路，遇见熟人必须搭理……有时只有顺序，没有理由，只有先后，没有因果。

于是发现，想上帝这事没用。我们只能按照自己的逻辑选，我们喜欢歌剧就去看，不喜欢就待在家。其实这样的"我们自己的逻辑"，正是上帝缔造的，"我们的逻辑"正是上帝之手之一，并且是最重的一手。正因为有了这样的逻辑，我们看不出上帝之手的破绽，一切都顺理成章。

但是茄子挥之不去、赫然在目，无法不认为它就是起点。就像骰子落地，一掷定乾坤。是的，骰子，像神灵一般的骰子。如果我们自己创造选项，自己掷骰子，是不是我们就可能既是上帝也是上帝的子民？

聪明人发明了骰子游戏。

骰子游戏的程序规则是：

一、掷骰者写下六个决定的选项，每一个选项对应骰子的一个面；

二、掷骰子；

三、掷骰者依照骰子落地面朝上显示的选项付诸行动。

掷骰者是人杰，是自强者，是自由人。他创造选项，就像创造大地上的可能。他要看看除了做必需的，我们还能做什么？可以做什么？可能做什么？一个喜爱歌剧者可不可以不去看歌剧，竟去看杂耍，之后如果发现了杂耍如此飞天入地，竟理解了另一种乐趣，是不是生命更丰富？一个衣冠楚楚的学究竟去流浪一周，是不是也会肆意自在，好像找到另一个自我？——看了杂耍是不是就避开了茄子？流浪者是不是从来不看歌剧？

掷骰者也是最低者，不假思索，无怨无悔，只有顺从，没有责任。——该去看杂耍还是该去流浪，只听骰子一声吩咐。

自由与机缘的完美统一。这规则给人自由——自由地写一切可能之事；这规则给人庇护——机缘悠悠，一切责任都在骰子。

凡玩过骰子游戏的人都知道，我们绝不仅仅写下吃饭睡觉上学下班的选项，我们总想借着游戏越界，勤快人想要偷一回懒，循规蹈矩者想要犯一次规，我们要借着骰子做一回自己或者别人，我们还想把责任推给骰子，我们只想惬意，只想顺从。我们要做渴望很久的事，我们要做曾经不敢做的事，要做明明憎恶的事（——为什么？），我们要大胆我们不要羞涩，我们挖掘着自己抑或效仿别人，但每一个决定都是骰子的决定，因为骰子叫你去做，你就去做！

试看有人，轻轻地在边界上踩一下。

比如静和云，在家里玩掷骰子游戏。静年轻美貌，云是个循规蹈矩的夫子。比如今天骰子的选项有：1.男做饭；2.女做饭；3.出门吃；4.男人做饭，但做饭的时候不穿衣服，一丝不挂；5.一起做饭，邀请两个朋友来吃；6.中午绝食做爱当吃饭。

骰子落地。骰子今天的命令是4。云看着骰子，没想到最不可能的成了可能，云这个老夫子实在，既然玩了骰子游戏，就要认真，于是真的照做了。第一次这样真是刺激，仿佛在外面，仿佛有无数的人在围观，先是犹豫着脱，之后是不敢站起来，然后不敢在房间里走，走到厨房就更怪，静在一旁鼓励着，"威胁"着，左一句，右一句，云终于顺从了骰子。

然而，却是静忍不住了，看到云从未有过的样子，静忍不住冲上了云……

游戏失败。4没有完成，却做成了6！不过——失败的是骰子，就像如果顺从了骰子，也归功于骰子。

要是走出家门，那么选项可能有：裙子里面穿内裤？还是，不穿内裤？

亲爱的骰子，你相中了哪一个？亲爱的静，你暗中希望哪一个？

多么大胆又多么安然无恙，别人完全不知道（你的淫荡？），然而你却（优雅地？）走在别人面前。那风吹进了，钻进了，你的身体，仿佛周身沐浴着风，那风张开着你的欲望，等待着你的欲望。你是多么没有保障，没有安全感，就像打仗没有戴盔甲，你是恐惧着你的恐惧还是享受着你的恐惧？

站在人群里，你在精准地阐释着你的见解，暗地里却在跟风干着！你的观点铿锵犀利，理性之光在上闪耀；暗地里却信马由缰，被秘密激荡着，鼓舞着。

你下楼的时候跳得飞快，你是怕别人看见还是想让别人发现？

换一种站姿，故意透露点什么，或者让风的方向更惬意？

你去做了吗，真的做了吗？真的没有穿内裤就上街了？没有穿内裤就去上班了？没有穿内裤就去赴宴了？——好大胆啊！——但心里该当坦然，因为那不是我的意思，那是骰子的意思，我又奈何得了？！

可是我承认，那经历真的很美妙啊。那是欲望之前的欲望，延长着欲望的时间，最后一刻是美妙的，还是等待最后一刻是美妙的，抑或是让美妙持续又持续更美妙……

怎么，你鼓励我？哪有做丈夫的鼓励老婆这样的——云啊！

不过，你又知道哪个男人不鼓励呢？再说，人在骰子面前都要低头的。

骰子，你真是好哥们儿，为我担着顶着，为我铺路架桥，裙子从未如此飘扬抚人，小腿从未如此修长挺拔，心儿自由骄傲起来了，目光也渐高渐远……那就是心旌摇荡啊！骰子！

骰子，下一个游戏是什么？

显然这次，骰子暗合了静的荡漾之心，云呢，鼓励着静就是鼓励自己。

据说有人写下了大胆、可怕的选项——他真的不知道他是暗地里期望骰子眷顾这个选项还是深信骰子绝不会看中这个选项,毕竟可能性只有六分之一。等到骰子落地,他要是遵守规则,他就要违反禁忌以至于违反法律;他要是不遵守规则,他简直等于违抗"上帝"给予的"命运"——并且,真有失男子汉的风度!

想想吧,那些选项!它们含着掷骰者的欲望和意志,暗涌和边界,可能和不可能,还有恐惧或热望,情结与深渊。因为是游戏,因为不必然,因为权在骰子,所以我们可能肆意,写下我们从未袒露的,毕竟,只有六分之一的机缘——谁知道会不会被选中,很可能不会被选中。

六分之一!选项只表现我们小小的欲望,那浅浅的、未曾展露的、模糊的欲望,它只是露出六分之一的尖尖梢头,等待机缘到来,等待发扬光大;也等待默默退场,永不再来。

选项一定,便权在机缘,只看骰子的作为。只要一句箴言:不要从我的意思,要从骰子的意思!

但是骰子要前进,欲望要纵深。选项在边界遥望,想要跨越,想要冒险。我有几个自我?我的极限在哪里,我想做什么我能做什么还能做什么?生活竟有那么多可能,不可能竟也可以变成可能。我要飞啊!我要做从来没做过之事,我要做从来没有人做过之事……只要我写下来,就有可能,只要被掷中,就能实现。

选项可以深思熟虑地写,也可以即兴地写。有深邃之人,想要找到另一个自我;有狂妄之人,想要越过界限创造奇迹;想象力被激荡，选项不再只是短暂的一次性行为，有的变成对一种行为的长久约束或放纵，比如戒烟和出走；有的要求某种行为延长至一整天，比如缄默和跳舞；还比如有人想出了一种选项叫"唯美敏感日"[1]：二十四小时，时时刻刻保持对美的敏感知觉。——没有文化，没有品位，没有相当的自觉能力，这样的选项写得出来吗？又何以实践？

想象力将要展示它无边的绚烂和疯狂，靠着骰子！妄想的，盲目的，企图越界的人啊！是骰子给我们勇气，给我们理由。

但是要节制，还要深思。

在节制的选项里，掷骰游戏可能会是我们人生的一段真实经验，或许让我们得到一个改变的机缘。借着骰子，我们不仅可能得到一个改变的机缘，也可能得到一个变好的机缘。

在节制和不节制之间，有宽阔的缓冲区吗？惰性和精进，是可以依靠骰子跨越的吗？那些选项，真的可能是我们发现自己的方法？甚至是我们成为自己的契机？我们可以用骰子来逃避责任，怎么就不可以用骰子来完成使命？

或许，有一种"有节制的掷骰游戏"？就像戏剧，用时间和空间来限制。那成为另一种人的愿望，尝试另一种人生的可能——有保障的可能——可以在戏剧里，也可以在骰子游戏里吗？这游戏，究竟是创造还是逃避，是敬畏还是亵渎，是自强还是自暴自弃，是做主还是放弃，是自由还是自由的代价……

1.参见卢克·莱恩哈特《骰子人生》。

必须节制。节制不是高尚,节制是不偏离。是不可测之中的道,是骰子的智慧。

但究竟是你使用骰子,还是让骰子使用你,[1]全看你的智慧,你的设计。

你尽可以坐在桌前,写选项,掷骰子,却按兵不动,一遍又一遍,抑或,可以试试另外的玩法。比如,在六个选项中,让某一种选项重复出现二次或三次,就是说故意提高这个选项被掷中的几率——想一想你想把什么选项的几率提高;再比如,仍旧是六个选项,但是不以一次掷中为准,而是增加掷骰子的次数,比如掷十次以至百次,以掷中率的高低来决定;……

——这样得到的"旨意"更接近真正的机缘吗?

甚至还有一个玩法,两个人一起玩,用两个骰子:一人一个骰子,每个人在自己的骰子上写六个选项,然后交给对方掷,掷出的结果让对方完成。仔细想想,这种玩法有多冒险、多浪漫、多刺激。被掷中的选项是对方的欲望,完成者却是你。想一想每一种方向的可能性:每一种方向都充满诱惑,每一种方向都可能是恐惧,是陷阱。他们将是被猜中的梦想,是被允许的肆心,是渴望的限制和被限制,是无边的谦卑和傲慢,是袒露身心的故事,也是放任纵欲的剧情,是最苛刻的幽默,也是最默契的发现,或许可以找到最

---

1. 参见卢克·莱恩哈特《骰子人生》。

深的困惑的由来以及破解之路,弥合或者凸显暗暗裂开的缝隙也都是可能,崭新的彼此也可能由此诞生……这里有无限的可能和可能的无限。

如果跟一个陌生人玩,意味着被掷中的选项是那个陌生人的欲望,他暗里的欲望,他自己的,或者他对你的,他的梦想他的爱,以及他的压抑他的恨……太危险了,什么选项被写出以及什么被掷中将完全无法预料。你可能将碰见不适宜的爱,遭遇嫉妒、怪异、愚蠢甚至恶意,而无法预料将会是最大的恐惧……跟陌生人玩,是深渊。

如果两个人玩,就要跟相知如己的人玩,还必须相知如己信任如己到无论怎样都不嫌够的程度……

(——没有人跟我玩这样的游戏,我能想到的人只有你可是你死了。)

相爱的人儿一定要在一起玩一玩骰子游戏。每一个选项都是打开对方的钥匙,每一次掷投都是献给对方的厚礼,当然也还有每一种尴尬作为伤口渐渐加深或者彻底治愈……

跟陌生人玩,是不是有点像跟上帝玩?

难道正在被掷出的不会正好就是茄子吗?茄子,茄子可能就是上帝扔下来的那个骰子!那么,我们是不是一直在跟上帝玩?

他有什么选项?他将掷出什么?他照管着无数的人和事,照管着东西南北古往今来……他绝不会眷顾"我",也不会诅咒"我",他不知道有"我"。他的使命不仅与我无关,甚至与人类也无关。上帝手里的骰子,他的方向?他的目标?我们永远也不可能知道。我们顺从骰子就像顺从上帝,或者我们顺从上帝就像顺从骰子。我们除了顺从,除了执行,一无所能。事实上我们不是一直如此吗?一直都在这样做,从来不去想茄子究竟是不是骰子。

好吧,愚顽的我们常常不看天上下降的骰子,只顾脚下的茄子;愚顽的我们自以为是地自己造骰子,不思索茄子的意图;愚顽的我们总是爱自己的骰子不爱上帝的茄子。聪明的尼采却告诉我们,要爱命运——就是说,爱上帝扔下来的每一个骰子——或茄子。我们之中有谁能把上帝的茄子变成自己的骰子,创造每一个骰子——"认出"每一个骰子的旨意?

好吧,愚顽的我们总是听不懂或者不想听懂什么。但是我们永远要记住的是,"想要借着顺服骰子而让自己获利是徒劳的"[1],这类真理真是无处不在。忘记了这一点我们将永失机缘。

2013—2017
2017.6.16改订

1.引自卢克·莱恩哈特《骰子人生》。

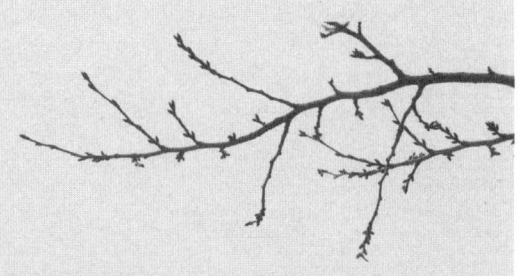

一

痊愈与断路

有人说,我们会从悲惨的命运里得到启示,悟出真理……卡夫卡说:"正道在一根绳索上,它不是绷紧在高处,而是贴近地面。它与其说是供人行走,毋宁说是用来绊人的。"平坦无比的路走得久了,你就不是在走路,而是在飘。被绊倒了,你才能感觉到大地,它的接纳,它的粗粝,它的方向。我们谁没有被绊倒过?经历了绊倒,才找着了路;那绳索,暗藏着机缘。

一个人

跟别人说完话，转过脸去，心里的荒凉就涌上来了——

独自在房间，甚至也不能听任何旋律，旋律意味着世界的稳妥、世界的连续？在断裂中，它们就像敌人，像背叛。你说不出话，更唱不出一个词，一句旋律。如果打开音响，音乐一起，瞬间就无法忍受。

就像无法开口，用最大的意志力也难以让自己开口。就像被上帝封了嘴。

比如芩。

芩的儿子死了之后，在第三个月月末，她忽然不再说话了。

她开不了口，即使就说一句"你好""我没事"之类，也做不到。仿佛那嘴不属于自己，仿佛脑神经不能指挥嘴的运行，或者仿佛心的能量阻碍着大脑，心，疼得弥漫到了大脑，让大脑的指令不能传递，刚刚下了说话的指令，就又断开。有时候，她的嘴都咧开了——她的大脑告诉她这会儿无论如何应该给对方，给对面的这个人一个微笑，一个短句，此时一阵心疼袭来，她的嘴只好那么难看地咧了一下，又再次紧闭起来。就像刚才犯了一个错，随之而来的是更加严厉的惩罚。

她不是哑巴，不是声带出了问题——要是那样，她就不是选择不说，而是不能。她知道自己没有丧失说的能力，她的肉体、她的神经有这个能力。现在是她的心选择不说。她沉默。她的意念只能在心里，走不到嘴，变不成句子，仿佛变成句子变成声音，就散了架，就什么也不是了。需要紧紧地凝固那些意念或者场景，靠沉默来凝固，有时还要靠头、靠手、靠脚，靠整个身体的静止，仿佛动一下，就会散了架，就什么也不是了。于是，除了沉默还要静止。无声无息，她才感觉到自己的存在。声音和动作，都是对心的背叛，就像高歌与舞蹈，绝不适合葬礼。

（为什么在第三个月月末才开始？因为她反应太慢，因为她一直没有觉察儿子真的不再回家，因为到第三个月，疼痛才蔓延到距离心最远的大脑，到第三个月，疼痛才发作，才作为。）

"但是世界继续转动着它的盲目的希望"[1]，有各种声音与歌唱，还有各种喧嚣与舞蹈。要把它们挡在墙外，挡在墙的另一边，要一个人在房间。

不要跟别人说话，只跟墙说。因为墙从不回答你，所以你从未失望过。因为你总是在别人那里失望，所以你有问题的时候，就先忍着，就只对墙说，等听到从墙那里反弹过来的一个又一个问题

---

1. 加缪语。

时,"……直到你不是更多地问它,而是听它更多地问你"[1]时,你就进入了反思,那一刻,也许就是问题迎刃而解的时刻。墙,就总是这样帮了大忙。跟墙说话,最不浅尝辄止,最坦荡无忌,最滋养心力。对于死的问题,墙更加独具资格,因为它与死有太多相像的品质。

不要跟别人说话,只是看书。坐在桌前看书,喝水,看书,抽烟,起身倒水,发现水瓶空了,烧水,再回到桌边,再看书,去一下卫生间,再点一根烟,继续看书……循环往复——孤独或者孤单的人,就是这样子。

有时不是不要,是说不出话了。就像哑。就像不能听见旋律。

你不能面对着另一个人说你孤独——那立刻意味着否定了对面的人:你也一样不能理解我——否则我就不孤独了。

就这么孤独或者孤单着,就像默默忍着牙疼,等待它的过去,因为那痛,如果受不了,你就会昏过去甚至于死去,否则,它就会被你等过去——你只求助自己、开动自己,你就会经验到最大能量的自己。

不要找人诉说,不要混迹人群,不要依偎,也不要在别人面前哭泣。你想让别人如何面对你的哭泣?你想如何,或者他们应该如何?他们的同情是短暂的,他们的难过确凿存在却更表面,之后不久,他们的注意力便转移("你看那边那个孩子,多逗

1.引自史铁生《墙下短记》。

啊！"）——那时候你还在哭泣？他们将会尴尬。但他们一点错都没有，即使他们刚刚甚至比你显得更加难过。之后，你的哭泣如何收场？所以，尽量不要让自己陷入哭泣。不哭泣不仅是节制，不仅是高贵，不仅是优雅，是应该，是必须，是守驻自己，是不侵害别人。（但是，面对一桩艰难的死，你不哭泣，不仅可能不被容忍，也是不道德的。他们也需要你哭泣，需要你的悲伤，那是死的证明，也是他们同情的正当。你要给这正当一个归属，一个交代。）

不要跟别人说话，要一个人在房间里写作。除非以孤独抵挡孤独，除非你的孤独不再浅薄，否则悲恸就依然结实如梗，只做挫败你的事，并一再挫败你。

把你的悲恸写成文字，可能是最好的方式，还可能是死者的提议。它或许能够挽救你，让你拽住那永恒的缰绳。在这里你将得到持久的专注，漫长的不被中断的想念，以及能够实现的哭泣。

当这"含泪"的文字见诸世人的时候，你忽然意识到，你给了别人一个默默安慰你的机会——当他们在远离你的空间里读这些文字的时候。死，这件事终于变得自然、正当——如果我们正确地呼应了它，完整地呼应了它。

游泳去吧，那也是一种一个人的存在。灵魂这东西很可能最溶于水。或者，在水里最安全。你不仅不需要，是不可能、无法跟别人说话，你只守着你的身体，当然必须还有你的灵魂。你触碰不到任何人，也没有人触碰你，你总是"安然无恙"，不伤害别人也不伤害自己。游泳，除了不说话就是跟自己说话，只有水，无缝隙地陪着你。

要是在大海里游，你的疆域就会更大，更无边，你可能会生出对彼岸的渴望。

如果悲恸得起舞，如果心失重得不得不只能指望地心引力的引导，不得不沿着风的方向寻找呼吸，那可能是舞蹈，就是舞蹈。但那舞蹈是绝不能伴随旋律的。

"陶身体剧场"的剧目里有一个现代双人舞：在没有任何布景的舞台上，一个女人和一个男人，跳舞。没有故事，没有情节，没有人物关系，甚至也几乎没有旋律（音乐），只有身体与自己、与地板碰撞的声音。舞台上只有两个身形，并肩一致地移动、翻转、静止，如霹雳也如流水，如仪式，又如本能，如入无人之境，也如最夸张的表演。抽象的身体，空间里能动的身体，生发着身体的全部可能、极限，却不触碰任何异于自己之物。不借助也不帮助，只看身体的可能，意念的可能。身体追随感觉，真实地，穷追不舍地，挖掘式地，在每一块肌肉里，在每一个细胞里，从心延伸到指尖、脚尖，以及身体的每一处边沿，发射出去，再反射回来。这两个人的舞蹈，看起来绝对步调一致，犹如一个人般在动、在翻、在滚、在跳。似乎两个人是相通的一体。

但他们显然是独自的两个人，即使形体上犹如呼应，或者无比呼应，即使在动作上几乎是扣合的时刻，甚至肢体险些触碰了肢体，也没有呼应的感觉，仿佛是巧合，是眩晕。没有丝毫对视，一次也没有，每一个都没有把对方"放在眼里"，虽然犹如同出，分毫不差，却全然是自己运动，自己舞蹈，仿佛另一个绝不存在。开始我以为自己发现了编导的忽略或缺憾——哪怕有一次对视，不，凝视——以为呼应是多么美，该是更美的。然而后来突然明白，这可能正是编导的意图与刻意。因为舞蹈的方向，不是别人，是自己；领会艺术的方向，是感觉的共鸣。不禁恍然，这才是编导要我们看见的，要我们体会的。从此知道，无论怎样的共舞，都是独舞。

所以，不要跟别人跳舞，要一个人跳。

同样，也不要跟别人做爱，要自己来。

触发那欲望的，可能是一缕思绪，一个意味，一段文字，但绝不是一段旋律。

紧闭双眼，静止不动。欲望或者感觉在身体里启动，在骨与肉的缝隙里伸展穿行，渐渐加速。那快感不确切在哪一处，似乎可以蔓延，可以出走；也不确切开始在哪一刻，但发生了就一再发生，简直需要理性出来制止。那快感不同以往，不是在一阵强烈之后的消失、坍塌，而是不断的，像在深处的余震，过几分钟，过几十分钟，又轰然来到。那快感不在表面，在深处，在深了还要再深的地方，比远方还要远的地方，那快感不在终点，只在行进中，无尽的行进中。保持深深的行进，连续的行进，急速的行进，无限的行进，竟是可能的？

一边行进，一边找寻着恰当的语言。

一边捕捉着语言，想把这一切描述出来，想到桌前拿笔来写，似乎为了描述，这欲望才持续不断；一边又顺从着欲望，不阻挡，也不可阻挡，只想让那个意志来吧，要完全地听从你！

在真实的幻觉里，欲望越来越刚劲，从头到脚，以紧绷的姿态奔跑，从欲望开始的地方走向无尽的深渊，猛烈汹涌，不，不是像水，是像刀，刀在身体里游弋，疼痛喷薄。

像风顶着骨头在前进。只要伸展，彻底地伸展；只要贴近，无限地贴近；那伸展的力量上下透彻，来自深远的自己之内。不需要对象，不需要另一个人。全凭一个人，全凭自己，自己就可以完成得很好，与别人，更与男人无关。但却需要一个"你"，一个独一无二的你——亚当。夏娃始终都需要亚当。我们始终都是亚当和夏娃。

那是身体的极限体操。幅度之大，之诡异，从未知晓。在意愿中曲折推进，只要意愿，或者被意愿，就成事。向上向下，在延长，在生长，企图拓土，企图劈浪，企图翻越。直至拓了土，劈了浪，越了山。那是独自的眩晕，是灵魂可能的演习，眩晕在自己里，灵魂化为肉，化为骨，化为风。

要准确的语词——始终有一种思绪在旁边。那欲望究竟是不是语言，那快感是不是语言，那呼喊是不是语言，这一切是不是语言，为了语言？

为什么是语言？语言就是"你"；没有语言就没有我，语言就是"我"。

不要专注于性，要抓住语言。把感受变成生动、准确的语言，是唯一的意义。正确的语言——是全部的目的。语言正确，欲望才纯正。

那快感就是欲望，那欲望就是快感。那语言才是欲望，那欲望竟是语言。

期望着，又犹豫着。是再来再来，还是歇息结束？直到这犹豫不再是犹豫，直到回归均匀，终点降临，直到坐起身来拿起笔，直到语言落在纸上。

如何再来？不知道，只要等待就可能再来；如何结束？只要眩晕，眩晕到边界，就结束；如何歇息？深呼吸，直到找到正确的频率；如何感激，用语言——这才是真正的结束，不，是结果，是果实。

一场洗礼般的运动，却并不一定总是大汗淋漓，像A（限制级）片里那样"物质"；但也不全是精神。却可能与神秘有关，跟透彻有关。是关于语言的降临，关于方法的降临，以灵与肉浑然一体的方式，因为真谛不仅是精神，也不仅是肉体。

究竟欲望着性，还是欲望着语言？性，表达爱，表达欲望；语言，表达性，也表达爱；语言表达一切、描述一切。语言是载体，是引领，是触发，是端点，是最终的实现。

欲望着性，搜寻着恰切的词语，竟混淆，如相竞着的鼓点，拥有彼此方可前行，方可平安，方可着落在正确的地点。

因为"我与你"的通道，属人，只有凭借语言——文字。当你看到飞翔的语言，正确的语言，就知道欲望依然旺盛，依然纯正；如果你欲望依旧，方向依旧，那么你就总能找到正当的归属和美的语言。

——这样的经验好像就是柏拉图的意思,"生育美的言辞似乎是爱美的身体的目的""用……粗鄙语言爱美的身体,那不是爱欲"[1]。

——"……每个不幸的独特性则都是因为语言可以将它从词汇与感觉当中孤立出来……"[2]独特就是走出普遍,表达就是救赎,就是意义。

一个人在房间,可能得到深邃的慰藉。

悲恸不能类比

英国作家巴恩斯在妻子去世之后出版的一本书里,写到了他所遭遇的无数种提醒死亡的场景、思绪。那些突然降临的触碰,又一次惊醒了他从未熟睡的悲恸:孩子嘴里蹦出的轻视死人的词汇,又给了他一次无意的伤害——竟然可以这样鄙夷死亡;一年又一年的

1.施特劳斯语,见《论柏拉图的〈会饮〉》。
2.引自萧沆语,见《解体概要》。

节日和纪念日，令他想起的却可能是妻子第一次住院的日子、葬礼的日子；他问自己，如果经年累月的爱会愈长愈大，为什么悲恸不会？他告诫自己，她现在的活，就是他对她的记忆，那个记忆化作了她，在他体内，由此他绝不会自杀，因为那就等于他也杀了她，让她再死一次；对报纸和电视里的死亡，如果之前他会计算死者的年纪大于或小于她几岁，现在他却注意他们的婚龄，嫉妒或者羡慕那比他俩多的快乐时光，以至于注意到做鳏夫的时间，有时竟那么长——那样的悲恸何以忍受？！

……

悲恸真是无处不在。

日常，他（巴恩斯）希望"……只要我想要或者需要，就可以在别人面前提及我的妻子——召唤她将成为任何平常交流的一个平常部分——尽管生活早就不再是'平平常常'的了"，可是，"没人搭茬"，"没人接话"——为此，巴恩斯对那些朋友的"评价变差了"。

可是，失去了丈夫的钦的情形正好相反。好几年，从钦的嘴里说不出丈夫的名字，万不得已要说，钦总是用代词"他"。有时会不分对象不分语境，以至于人家几乎听不懂钦说的他是谁。钦自己无法谈论丈夫，也不愿意朋友提到他。朋友提到他，有时是自然地想起了他，有时也有对钦的好意。然而钦总是在心里暗暗地祈求他（她）停下来，有时还故意转移话题，顾左右而言他，或者，起身离开那个场合，避免听到。对他们来说，他如同活者般被提起；对她来说，他确实已死。

钦是无法把没有丈夫的生活变得"日常"吗——按照巴恩斯的说法？钦无法接受别人随意地毫无难过地提到他——但别人确实没有理由难过。

虽然在无数的场合和环境里钦都想起了丈夫，但钦绝不想说出口来，仿佛一定要证明他的不在才甘心。像别人一样随便地日常地提到他，仿佛是对他的死的背叛。他确实不在了，他再也不会时时刻刻在钦的嘴里被轻易提到。钦说，她有一种很"物质"的感受，胸腔里边就像有一块石头，堵着，让他的名字出不来。钦再也不对生者用"走了"这个词，就像辟邪似的，也不对自己用，仿佛这个词就等同于死。钦总是用别的词来替代，比如，去车站，回老家，等等，直指具体事件。

但说到丈夫，那个他，钦就狠狠地用"死"这个词：他死了，决不用别的词来替换，来模糊，来遮盖，仿佛这样才能把某种恨意表达出来。对这么残忍的有死的世界难道不该恨吗？钦竟觉得理由充分。

还有，当听到芩的儿子的死讯时，钦就建议，钦说，最要紧的是，不论怎样都要在第一天就提醒芩，帮助芩。钦说，如果芩在儿子死后的第一天没有跨进儿子的房间，此后就将永难跨进。芩应该就在死之后，第一天，立刻，就仿佛死还没有发生，还没有传到她的心的时候就下手，就扔掉儿子曾经占有过的一切，就毁坏现场，就把那个房间变成不知道是谁的房间那样，把房门大开，让随便什么人都进去、出来，直到弄得不再是，永不是她亲爱的儿子的房间。这样，等到时间走过去，等到疼痛渐渐生长，她就不会触景生痛，不会害怕那个房间，不会打不开那个房门，不会走不进去——因为那根本就不是儿子的房间。

钦说，如果芩自己下不了手，那么芩的朋友们，你们为了芩，也要下手去做，真的。这样的建议虽然残忍，却是经验之谈。否则那个房间，那个紧闭的房门，就又将是一个隐患，一个始终耸立的巨大的痛，在日日夜夜地等待打开——直到芩以为痊愈的那一刻——撕裂痊愈。那时的芩，就必将再一次经历儿之死。

我猜巴恩斯的建议肯定不同，很可能相反。

但悲恸不能类比。

亚伯拉罕在路上

那日，神对亚伯拉罕说："你带着你的儿子，就是你独生的儿子，你所爱的以撒，往摩利亚地去，在我所要指示你的山上，把他献为燔祭。"

清晨，亚伯拉罕择吉时起身，为驴备好了鞍，拥别了老了的新娘、年轻的母亲撒拉。然后带上以撒离开了帐篷……撒拉一直倚窗而望，直到这对父子进入山谷……

亚伯拉罕和以撒沉默地走了三天，摩利亚山已经可以遥望到。

亚伯拉罕仍旧未发一言。

旧约上说：

> 他们到了神所指示的地方，亚伯拉罕在那里筑坛，把柴摆好，捆绑他的儿子以撒，放在坛的柴上。亚伯拉罕就伸手拿刀，要杀他的儿子。耶和华的使者从天上呼叫他说："亚伯拉罕！亚伯拉罕！"他说："我在这里。"天使说："你不可在这童子身上下手。一点不可害他。现在我知道你是敬畏神的了。因为你没有将你的儿子，就是你独生的儿子，留下不给我。"亚伯拉罕举目观看，不料，有一只公羊，两角扣在稠密的小树中，亚伯拉罕就取了那只公羊，献为燔祭，代替他的儿子。亚伯拉罕给那地方起名叫耶和华以勒（意思就是"耶和华必预备"），直到今日人还说："在耶和华的山上必有预备。"

亚伯拉罕故事的奇崛，曾引得无数后人为其辗转苦思。

让我们回溯，跟随亚伯拉罕走一遍摩利亚山之路。试想亚伯拉罕在路上，坚定的背后又该何等荒凉、无援、战栗——上帝没有告诉亚伯拉罕究竟为什么要他祭献以撒，那时没有羔羊，也没有天使。

亚伯拉罕什么也没有，他最高的信仰是上帝，他最爱的人是以撒。当上帝向亚伯拉罕索要以撒的时候，亚伯拉罕对以撒的爱有增无减；当上帝向亚伯拉罕索要以撒的时候，亚伯拉罕义无反顾。亚伯拉罕什么也没有，除了爱以撒，除了信上帝。——可是如何爱以撒？如何信上帝？

——我主耶和华何时出手，有谁能知？！

——但是亚伯拉罕启程了。亚伯拉罕的孤独和恐惧，独绝无双。

亚伯拉罕走向摩利亚山，沉默地走了三天，那景象挥之不去。没有一丝声音，也没有一丝晃动，只有无边的寂静，只有教人战栗的恐惧，更有缓慢无比的坚定，它们凝聚在亚伯拉罕的背影上，衬着远处的摩利亚山，永远地定格。

从亚伯拉罕家到摩利亚的路，无法越走越远，却会越走越长。从亚伯拉罕家到摩利亚的路，要走三天，是一段寂静之路；亚伯拉罕走到一半，那荒凉与沉重让他清晰地感觉到已经走完半程——虽然他的脚步一直坚定，这条路，分成了两段；然而，那折磨与听从，难道不是在一半的一半就已经开始——虽然每一步都没有犹豫，这条路，分成了四截；其实，亚伯拉罕的心绪，又何尝不是在更早的当儿，就有万千悲痛和无比的顺从，开始于四截之路的第一段的一半——这一条八截之路；那一天，那一条路，必是被万千的思绪分割成十六段，三十二段，六十四段……

起始，那起始的一刻，究竟在哪儿？在哪一秒？在哪一个瞬间？但那一刻确凿无疑地开启，无比坚定地开启，更无比缓慢地开启。

亚伯拉罕的身影像一帧帧镜头，可以无限放慢，在我们心头定格成孤独的极致。亚伯拉罕的身影在每一个孤独者的心上徜徉，仿佛与我们同路。

我们越是跟随亚伯拉罕的思绪，就越感到每一截道路的每一个缝隙都无穷无尽，它的险峻，它的绚丽，它的惨烈，它的美，它的恐惧与战栗……世上无可比拟。最后，我们越是跟随亚伯拉罕的思绪，亚伯拉罕举起刀的瞬间，也就越来越长……我们越是跟随亚伯拉罕的思绪，亚伯拉罕的脚步就仿佛停顿。

亚伯拉罕的脚步缓慢，一如那头老驴的细碎蹄印，但缓慢不是犹疑；亚伯拉罕的脚步平稳，丝毫也不偏离摩利亚山的方向；从亚伯拉罕家到摩利亚山之路，犹如一尺短绳，被无数次一分为二，将永无止境，这是在有限中嵌进了无限。从亚伯拉罕家到摩利亚山之路，以一种不可理喻的走法为我们无限放大了孤独。

起始的文字朗诵般地响起：

"清晨，亚伯拉罕择吉时起身……"

"清晨，亚伯拉罕择吉时起身……"

"清晨，亚伯拉罕择吉时起身……"

有三遍！思绪停在这里，久久不能起身，起身的姿势变得意味无穷；三遍之后，那姿势就从容起来，缓慢而坚定。那三遍，在脑海里将衍生为成千上万遍！任其喃喃自诵，在耳边响起再响起——那姿势就在体内生了根，远行或许就即将开始……开始的一刻无限缓慢又无限伸展出去。沉默之旅的起始是关键，关系到它有多么远、多么深。

最深最远的缄默一旦开始，便能量无穷。

但是缄默，不是为了缄默。你缄默，因为你没有同伴；你缄默，因为你没有语言——语言就是普遍性；你缄默，因为恐惧得发不出声；你缄默，因为你战栗得舌头打颤；你缄默，因为你知道除了去做别无选择，因为除了对以撒无比的爱就是对上帝至高的信。

到最后，当沉默无边无涯，你的缄默就成了你的保障。

一遍又一遍读着骇人的亚伯拉罕的故事，仿佛一次又一次曾经与他同行。和亚伯拉罕一起在路上，只会越走越慢，却绝不会说话。

一个极端孤独之人，必定缄默至极。一个极端痛苦的人，可能成为缄默之人。

一个缄默之人，可能缄默到死——既不发声，也不写作；也可能成为写作者——我所理解的克尔凯郭尔所谓的"美学英雄"之一种；还可能，悬置了缄默，把自己混淆于喧闹者中间，渐渐开口说话——但无论怎样，缄默令人难忘，缄默一直在场。最尖利无声的痛楚给予的绝不仅仅是伤痕，它的烙印永难磨灭，最顽强的意志是让那烙印独一无二。

痊愈与断路

如果一个人的房间里终于有音乐传来，必定是巴赫的。终于有一天，可能《哥德堡变奏曲》的缓慢起始，会在寂静的房间响起。那种音乐不会打搅你，不触摸你，不要你回应，它只是在一边，一遍又一遍地存在，这样或那样地存在，执着却不固执。巴赫让你认定，你自己和自己在一起是多么好。他有时似乎也要加入你的孤独，他不是寂静无声，有时还会有一阵急切，那是他自己在进入自己的绝望，一个劲地进入，不管别人的存在，你在旁边，尽管你自己思绪万千（你自己要是没有思绪，你还没办法听他），但忽然，你的痛苦会慢慢柔和，冷漠也收敛。你会觉得你的痛苦终于竟可以享受。想起马慧元写过的《北方人的巴赫》，真的，一个人开车穿越加拿大，再没有比听巴赫更合适。一个只想一个人在房间里的人，常常只可能让巴赫陪伴。巴赫的孤独和痛苦都是你的臆想，他早就找到了对世界的态度，音乐就是他的方式，方式就是他的态度。和谐、当下、自然，无论是激情还是痛苦，都在当下，都在中间，在过去，在身后；也重新在当下，被表达，被吸纳，被献出。

但愿这旋律，会在一个人的房间里慢慢地、轻轻地响起，那是痊愈的征兆。

有人说，一个极端痛苦的人，读到亚伯拉罕的故事，会得到慰藉，亚伯拉罕作为无限孤独者的象征，是我们一切有限孤独者的慰藉；一个极端痛苦的人，在通往摩利亚之路上，会听到最深厚宽广无边的沉默之声；一个极端痛苦的人，再次读亚伯拉罕的故事，就会跟着克尔凯郭尔指引的思路，企图走上信仰之路。然而，信仰之路何其漫长，犹如亚伯拉罕走向摩利亚山之路；信仰之路何其深奥，世世代代的凡人不可企及。"下降"之路又何其眩晕，何其难辨。

有人说，我们会从悲惨的命运里得到启示，悟出真理……卡夫卡说："正道在一根绳索上，它不是绷紧在高处，而是贴近地面。它与其说是供人行走，毋宁说是用来绊人的。"平坦无比的路走得久了，你就不是在走路，而是在飘。被绊倒了，你才能感觉到大地，它的接纳，它的粗粝，它的方向。我们谁没有被绊倒过？经历了绊倒，才找着了路；那绳索，暗藏着机缘。

对无比深奥的命运，除了深入它汲取它玩味它表达它，别无他法。当你终于能够理解它以至于热爱它的时候——它就吸收，它就呼应——你就可能得到慰藉？

亚伯拉罕，克尔凯郭尔，卡夫卡，这样的名字，在一个人的房间里早晚会被读到，读到就是机缘，就是没有白白被绊。

于是，每一间一个人的房间里，终于可能渐渐有琴声传来。

可是芩。

据说芩从沉默的那一刻起，整整三个月没有说话。

事实上，芩真的如医生所说，歇息了三个月之后，在第七个月的第一天，开了口。但之后，她想不起来她重又开始说的第一句话是什么，她是等到她已经说了很多话之后才发现自己说话的，第一句是什么，想不起来了。想得起来的每一句可能的话，都觉得不对，不是，不像有权能充当第一句的可能意义无穷的话，不值得剖析、深思；或者那第一句，是微不足道的，犹如什么也没表达，只是证明了声音。也许，那不是自己的大脑在指挥，那是自然之力终于冲破肉体痛苦的阻碍，冲破了心抑或心终于发力，使人回到人之所能的轨道上来，回到轮回复返之路。

为什么是第七个月？是一个事实，还是我这个写作者的臆想？是我编的。我期望芩的开口就像冥冥之中的约定，发生在神秘的时刻，由一个意味深长的数字来突显，一个我喜欢的，我觉得最恰切、最节制又最厚道的数字，那就是七。

还有，因为我找不到一句话是我认为有资格做第一句话的，所以我就说，芩怎么也想不起来了。事实上，肯定是有第一句的，那第一句，只要仔细琢磨，必定有其深意。然而，我编不出来，芩就想不起来。

事实上芩即使发声，也等于沉默，即使走出房间，也听不见琴声，也唱不出歌；她没有慰藉，她永远也得不到慰藉。她将作为一个始终带着死的人活在世上。什么叫带着死？就是永远挂念着彼岸，想方设法跟另一个世界发生关系；就是坚信自己在另一边"有人"了——儿子会罩着她,等候她;就是带着不愈的伤痛,数十年里间歇发生"沉默三个月"事件——与亚伯拉罕一起一次又一次地走一趟摩利亚山之路。亚伯拉罕是信仰骑士,芩却只是一个思念之苦不愈的孤独者。芩对亚伯拉罕故事的理解非常肤浅,芩只是觉得,亚伯拉罕无限般的沉默极其诱人,她希望就像进入眩晕一样也不时深入其中。

现在,我固执地以为:一个人,死了儿子,将终生不愈。这不是机缘,这是断路。

痊愈的征兆渐渐显露,如果你走出了房间,如果你模糊了亚伯拉罕的身影,如果你进入了群舞,如果你又有了伴侣,如果你的房间里又有了朋友的笑声……

可要是你有一天又去大海游泳,你依然会渴望独自游向彼岸;如果有一天游到那个"海边的曼彻斯特",就可能遇见Lee[1],听到Lee的故事,就会联想起芩,于是会相信,有一种疾病将永不痊愈;又不禁这样想:跟Lee比,难道我们——每一个——不该认为自己从一开始就是一个痊愈者吗?

——因为该痊愈的都痊愈了,除了赴了死的。

2013—2017
2018.3改订

1.电影《海边的曼彻斯特》男主角。

艺术家在场（外一篇）

　　你的眼神，就是你的思绪，就是你的品味，你的丰富或者贫乏，你的坚毅或者懒惰。

　　凝望一个陌生人的眼睛，会怎样？还真的没有过体会。可能会遇见躲闪、逃避，遇见敌视，遇见柔情，遇见困惑……如果双方一直坚持专注不停，就是遇见势均力敌的了。

　　想想在现实中，我们可以跟谁如此对视？！需要跟谁，想跟谁，可能跟谁，谁愿意跟你，以及，自己有这种需要吗？找到真正的对视者，是奢望，但找的愿望，或者说仅仅去阿布拉莫维奇的"现场"本身，就至少是凝望自己的开始。

纪录片《艺术家在场》记录了行为艺术家玛瑞娜·阿布拉莫维奇以及她在纽约的一个行为艺术现场："艺术家在场"。

虽然不能到临现场，但依然感动了。

行为艺术，在它开创般的高潮过去之后，绝大部分作品都被视为模仿和哗众取宠，甚至被视为吸引眼球的拙劣表演。很久以来，不少人已经对行为艺术不以为然，甚至嗤之以鼻。但阿布拉莫维奇竟是不一样的，尤其是这个"艺术家在场"项目。在空旷的"表演区"（纽约现代艺术博物馆一隅），有一张桌子，面对面坐着两个人，一个人是阿布拉莫维奇，另一个是参与行为艺术表演的一位观众志愿者，他们坐在那里，眼睛望着眼睛，面对面互相凝视。不断地有观众报名参与，以至排起了长队，这个"行为"，每周六日从早到晚"发生"，持续三个月。

对参与的观众没有过分的要求，是普通的行为，是任何人都可以做到的；玛瑞娜自己，也是在规矩之内，并不像她过去的作品，几乎总是在竭力越界。

之前的越界，可能更多地从身体开始，因为行为总是与身体密切相关，玛瑞娜的意思是从身体开始，激起灵魂？也许。然而这次，身体一动不动，或者说，只有一种器官——眼睛在运动。而眼睛，我们总说是灵魂的出口，是精神的表达，那么这次的玛瑞娜是想把身体的能量聚集给灵魂，如果身体静止，可能灵魂就张开？

连续三个月,每天连续六七个小时,阿布拉莫维奇身着绒布做的红色或白色拖地长裙,整洁地、优雅地、几乎纹丝不动地保持一种军事化的坐姿,沉浸于自己,认真、专注地凝视对面的坐者——观众。每天可能会有数十个观众参与到这个"行为"中来。

无疑,想象一下,玛瑞娜首先要忍受身体的生理极限——但这可能并不比她之前的"行为艺术"表演要更甚,在大厅里无数不停顿地从周围投来的目光下——这是表演必然所要面对的,她不能有任何破坏这个"优美坐姿"的动作,不能有除了专注之外任何随意的表情,不能懈怠,不能松弛,也不能爆发,必须持久地控制住自己在任何方向不出现偏离——从情感到身体。更加不同的是,她还要与一个特殊的、特地面对自己的人产生交流,这种交流只能发生在眼睛和眼睛之间,只能以目光,她要激发出对方,而前提是,她自己被激发。面对陌生人,这样的持续不断,玛瑞娜储蓄的能量究竟有多少,使她可以一次又一次地重启?面对每一个新的陌生人,像第一次一样张开眼睛?她又如何每一次都竭尽全力地企图在各种各样与她完全不一样的人,甚至完全相反的人之间,激起灵魂的可能波澜?爆发交流?

凝望,是深入别人,更是献出自己。

你的眼神,就是你的思绪,就是你的品味,你的丰富或者贫乏,你的坚毅或者懒惰。

凝望一个陌生人的眼睛,会怎样?还真的没有过体会。可能会遇见躲闪、逃避,遇见敌视,遇见柔情,遇见困惑……如果双方一直坚持专注不停,就是遇见势均力敌的了。

想想在现实中,我们可以跟谁如此对视?!需要跟谁,想跟谁,可能跟谁,谁愿意跟你,以及,自己有这种需要吗?找到真正的对视者,是奢望,但找的愿望,或者说仅仅去阿布拉莫维奇的"现场"本身,就至少是凝望自己的开始。

那些流下热泪的观众,都想起了什么?

多久没有面对自己了?

多久没有认真地看过别人,又曾经渴望凝视谁?

渴望跟谁在凝视里得到隐秘的呼应?

在全神贯注的凝视里得到了什么?

……

那些参与的观众,很多人会被这次不同寻常(或者也是太寻常,以至于在生活中从不专门发生)的经验震撼。在真正看到别人,捕捉到别人的时候,更多的一定是对自我的意识。又或者,就像某个观众那样,以至于爱上了玛瑞娜——凝视启动了爱?甚至,那些观众的脸,更给我们留下深刻的印象。使人不禁想象起他或她的身世。那个倾身的女人,那张沧桑的男人的脸,那个漂亮的姑娘,那个忧郁的男孩,那个睿智的老人,当然,还有阿布拉莫维奇的分别了二十二年的前男友……

那些故事必定纷至沓来,展开它们从未展露的一面,羞涩的一面,甚至耻辱的一面,隐秘的一面,可能高尚的一面……不管怎样都会是最深厚的一面。那可能是我们生命里最宝贵的东西,曾几何时，却因遥远以至被遗忘。

而每一个与玛瑞娜对视的观众的脸部，都被拍下了照片，看到事后阿布拉莫维奇面对厚厚一本肖像照片簿，在某些照片下面写着什么，真想知道她写的是什么。艺术家作为行为艺术的施行者，作为与"参与者"互动的启动者，自己的感受该是这场艺术行为很重要的一个部分，对艺术家个人，还可能是最重要的、根本的，玛瑞娜的感受，应当被记录下来，"公布"出来，它们完全是这个"行为艺术"项目的一部分。

纪录片导演的镜头移出场外，拍到两个孩子，也学着样儿在场外一处空地上面对面坐下来，互相对望，他们认真的样子让周围的人不禁有些感动。他们从模仿开始，学习安静，学习认真面对别人，学习跟别人"倾诉"，学习找到自己……也许，这正是"艺术家在场"的宗旨？

在现场的隔壁展厅，有大屏幕回顾阿布拉莫维奇之前的行为艺术作品，还有艺术家正身体力行，重现着阿布拉莫维奇曾经的姿势和动作，这些都会提醒和影响观众，"诱导"观众进入艺术家期望观众进入的状态：如何才可能敞开自己，深入自己。从很多围观者的脸上和眼睛里，可以清楚地看出这些观众对这个行为的疑惑、深思和理解，那些严肃的脸和专注的眼神，是这个行为艺术的——反应、反响——真正重要的一部分，不可或缺的一部分，否则就不能说这个艺术作品成功。

玛瑞娜取胜的唯一武器则是诚实，极端的诚实使她成功。诚实成就了她，她得以超越其他行为艺术家。"诚实表演"的力量，反过来也证明了表演者的真实性。

作为一个"展览"，必定得是有限制的。克制和界限是表演的必要，也是艺术本质的必要。（比如"艺术家在场"的展览中，就不允许与阿布拉莫维奇对视的观众脱掉衣服裸露身体，不允许观众与艺术家有身体接触、语言交流。）在我们这个有限的世界里，恰恰是对"无限"的克制带来了向无限的逼近。其实之前阿布拉莫维奇的"作品"中，不乏极端。例如"伤害的现场"，摆放的器具，颜料、鞭子、刀具，以至于手枪，提示了伤害、极端伤害的指向。这个作品勇气十足，但无论怎样却显得"狭义"。也就是说，她是期望、企图追求无限（高潮）的，向着无限的可能性进发——甚至于死亡的可能。幸好没有发生，其实完全有可能发生——发生了，就是达到了"无限"的边界？这是阿布拉莫维奇的愿望吗？她是想体验跨过边界的那一刻的感受？。

而展览的受限，尤其是那种在形式上并不极端的展览，则探索了走近边界的过程，尽可能体验了一种"持续性"——持续地在临近边界的地方，这种"持续"的时间长度，本身也是一种极限。其中也蕴藏了达到某种别样的极限的可能性。这体现在"艺术家在场"这个展览的两个重点上：一个是时间，另一个是姿势。连续六七个小时，连续进行三个月。它考验着人类在界限内不越雷池一步并始终保持专注，能够延续的时间极限，这包含每一次的时间，和一个艺术项目的延续时段。这是阿布拉莫维奇给自己提出的可能性，道具是优雅的坐姿、相隔的空间——桌子，看看在不打破这种样式的前提下，"交流"究竟可以走多远。在无身体的接触时，只有目光——当然也来自人的身体器官，这目光透露的，这眼睛泄露的或者聚集的灵魂的力量，会比"全身"更有穿透力吗？或者又有怎样的不同？而严格限制的姿势给"凝视"带来了最大的可能张力，表演者和参与者都无处可去，除了限制在"凝视"中，逼近，再逼近，然而似乎摸不着边界，空间仍旧是这个空间，生命仍旧是生命。于是我们认为，那个边界在上方——大概是灵魂的方向。

确实有观众企图越过（现实的、空间的）界限，有人企图脱掉衣服——这是这个"行为艺术"带来的几乎必然的可能，它唤起了某些观众的欲望，心灵的饥渴导致了肉体的欲望，本属正常。观众并不知道克制的"规矩"，不知道艺术家的"激发"恰恰是限制的，故意限制此而激起彼。

也许有两处可以认为是遗憾。一个是当玛瑞娜看到了对面坐的是分别了二十二年的前男友乌雷时，在长久的凝视之后，彼此伸出了双手（现场观众为此鼓掌）；另一个是，在展览后期，阿布拉莫维奇拿掉了对坐的两个人之间相隔的那张桌子。这两桩事件的发生，都不在原来的"设计"之中，这意味着破坏了限制——艺术家自己出来破坏，打破了可能的更大张力——这个行为艺术的魅力和"战栗"之处不就在于限制、在于极端的对"眼睛"的逼仄吗？！也许有人会认为这两桩事件的发生是升华，现场的掌声似乎就是证明。我却以为是坍塌。一旦应用了身体的其他部位，一旦越界，坍塌就开始了。

据说阿布拉莫维奇的下一个现场（"行为艺术"）是：她将穿梭在人群中，与相遇的人对视。这将是一个更加需要克制的逼仄，更危险更易碎。想象一下，无疑是一个很有意义的创意。但不禁，一个直接的联想是，她那时会不会以接触观众的身体这种方式破坏界限？——这与搬掉桌子没有不同。

所有艺术作品都是"暴露"艺术家内心的。无疑，从阿布拉莫维奇以往的行为艺术作品看，阿布拉莫维奇是有受虐倾向的。她把自己放在一种恐惧与战栗中，放在某种未知危险的处境中，"等待"观众的各种戏谑、调戏、侮辱、挑衅甚至残忍，以至于死亡的威胁，那是一种向着未知边界的逼近，或者那个边界就是死亡。无论这样的"行为艺术"伴随着、探讨了、带来了、启迪了什么，它都是艺术家自己的心理真相的写照。

而"艺术家在场"，或许可以被看作一种精神"受虐"。有一种说法是，你的眼睛会泄露一切。那么真诚的专注的凝视，意味着向对方的无比"敞开"和"袒露"，不允许任何逃避和遮掩，事实上也无法逃避和遮掩，这其实是一种精神意义上的"受虐"。

行为艺术无疑是一种表演艺术，但它又是实践性的，是一次性的，无法重复的。玛瑞娜"制造"的这场凝视，它要求最彻底的"表演"，无法不彻底，因为每分每秒的表情都是表演，没有任何对话或者动作，或者他者的介入，或者某个情节可以分散、躲避，借以被忽略、被蒙混。它的本质就是它的全部，它的全部的每一部分都是完完全全的本质，没有任何缝隙，任何杂质。没有陪衬，没有褶皱。所有的一切都明亮、固定，都毫无保留地献给了本质——献给了凝视。

一个人的全部，现在只有一个出口，连身体也在凝视，全部身心都在一个方向，全部过程仿佛都能够压缩到瞬间。如此"绝对"的表演已经不能是表演，意识到表演这件事本身就是"分心"，就是不被容许的，就是失误。玛瑞娜只有两种可能，一种是让玛瑞娜充满了玛瑞娜，另一种就是让玛瑞娜成为虚无，让玛瑞娜完全不再是玛瑞娜，什么也不是。"表演"的高峰可能会在某一个瞬间达到。只有瞬间才可能完美，才可能天衣无缝。可以认为，这个"瞬间"就是对"无限"的触碰，就是至高。

越是使劲感觉玛瑞娜的感觉，越是仿佛自己是玛瑞娜，就越认识到玛瑞娜所做之事之难、之艰巨。玛瑞娜自己说："我什么都不在乎了"，"我成了他们看到自己的一面镜子"。——这是艺术家言称的可以被认为是在道德意义上的"目的"、价值，或者也是艺术的目的，并不虚假。然而艺术家对自己作品的满意，作为个体在"行为艺术"中得到的满足，往往相当隐秘，连他们自己也不甚清晰。

如艺术家本人所言：刀与血都是你自己的。说玛瑞娜经历着"地狱般的寂静"，并不夸张；但玛瑞娜还说她感觉到了轻盈、和谐、圆满——这如同打坐般的体验，天堂般的感受，如何与"地狱"同在？

玛瑞娜经历的，必是我们无法真正体会的。这个纪录片，使得我们从外围悟到了许多，而那些亲身参与过的观众，亲眼"见过"她的人，必有不同一般的难忘感受。

我更是从玛瑞娜那大方清洁的面容、开放坦荡的眼神、宽厚坚定的步伐里，看到了一个真正的行为艺术家应有的样子。甚至暗暗期待，有一天会亲眼"看见"她。

2017.10

（外一篇）一张新闻照片

一张新闻照片。

照片梗概：她被用链条锁在铁门上，赤身露体，屁股上刻着囚犯号码。一群围观者。

照片下的说明文字：她像一个被展览者，是她自己向组织提出来的，她们的组织旨在抗议对妇女的家庭暴力。她要用骇世惊人的方式引起世人的注意和警觉，和愤怒——这样的方式是必要的，是合适的。

她被用链条锁在铁门上，赤身露体，屁股上刻着囚犯号码，被相识者和陌生者围观。她的样子是无助的、卑贱的，仿佛是她要救助的那些受害者的象征。在围观者中绝大多数人不认识她，他们不仅知道她是在扮演卑贱者，也在很大程度上会认为她就是那个最卑贱的；然而，其中有一个（甚或几个）了解她的人，是崇拜她的人或她崇拜的人（也许是她的组织中的人），这些人也在观看。他们或许更了解她这样做的理由和目的。

但事实上，陌生者，其他围观者是被她忽略的，或者说是被她用来作为道具的，她希望的，是被他们——崇拜她的人或她崇拜的人——看到她卑贱的样子，那才是她这么做的真正目的。她崇拜那个人（那几个人，抑或她被崇拜），她用这种方式表达她的臣服，她的低微，她的崇拜。她可以不顾一切颜面，被大家唾弃，她可以做一切，为那个人，那个了解她的人——了解她、认为她无论怎样都是最值得尊敬的女人。她的表情是屈辱的，即使心里想到他，她还是屈辱的。她要的是真正地被侮辱，那些陌生人、围观者如此真实，真的侮辱到她了。她是如此无助，她再也无力忽略围观者，"享受"着被侮辱的感觉，甚至希望再猛烈点吧：让我卑微到最低，让我不能改变，不能动弹，让他们摸我，骂我，侮辱我，我会按照你们的要求，说出我的所有龌龊，我的所有阴暗，对，大声说出来，以使围观者更加看不起我，更加鄙视我，我愿意袒露我身体的全部，一丝不挂，丑态百出，任凭围观者指指点点。

——但你是保护我的。你是尊敬我的。你是我的归属。没有你我将连做这些的万分之一都不愿承受。你的存在会保我回归平安，回归尊严，回归高贵。

这时，一个人出现了。他从围观的人群里走出来，一副王者的派头，迈着至尊者的步履，还有高贵的衣着和神情，径直走向她，人群散开，惊讶地看见他走过去，走过去将她拥在怀里，吻她……那个吻，是人们从未见过的最深最长久的吻。他最爱卑微者？那个敢于卑微到极限的女人？——为他卑微到极限。

　　那个吻，很长，很长，长到那些围观者终于等得不耐烦而离去。围观者消失了，对她和他，或许从没有存在过。他和她在高峰处，那里，只有两个人。只有上帝可以看见他们。

　　——然而她无论如何都暴露了自己的性倾向。尽管她对在家庭暴力中的受害者无比同情，下决心要为她们做点什么，极其真诚。毫无疑问。

　　在被展览中她暗暗地达到了受虐的快感——被暴虐的眼神、被秘密的无耻、被轻蔑的忽略所虐。那快感很单纯，不与任何一个他有关。不会有王者走出人群，也不会有爱情的长吻。那快感可能连她自己都不能意识，她以为她在英勇地牺牲着，牺牲着尊严——为了那些受害者的尊严。其实不是她以为，她真实地做到了。

　　这张新闻照片，必然引起了非新闻意义上的联想。

2017.10

死之后

男人说话的时候手里有一根烟,就可以随时停顿,随时沉默,很让人羡慕。要是自己手里也有一根烟,就也可以不说话。抽烟者沉默,理由充足。它可以发生在任何场合,没有什么不适宜的场合,也没有什么感情不可以用它来表达。抽烟者是镇静的,抽烟既是拒绝也是接纳。因为它的形式没有任何既定的意味,所以意味无穷。

○

在一座古园中，在一片老柏树林里，有两个孩子，在那个古祭坛旁，仰头看着一棵没有叶子的树，纳闷为什么这一棵树跟其他树不一样，为什么这棵树没有叶子？你摇着轮椅过去，告诉他们，这棵树死了，这是一棵死树。孩子们似乎听不懂，还不停地在问：它到底是怎么死的？它什么时候死的？它太老了？它生病了？——可它到底是怎么死的呢？

你在书里写，孩子们"实际是要问，死是怎么一回事？活，怎么就变成了死？这中间的分界是怎么搞的，是什么？死是什么？什么状态，或者什么感觉？"[1]

这样的问题，我们究竟是该去问死人还是活人？

从来没有人起死回生，所以我们从来不知道什么是死之后。但是我们不知道死之后吗？我们明明看见下葬的墓穴，看见肉体被烧成灰烬，看见活人痛不欲生，看见朝晖和夕阳下再也没有那个身影；看见死者或者被忘掉，或者被永记，看见墓碑，看见挽联……

1.见史铁生《务虚笔记》。

这是死后。

要是有一天早上出门你离开家，却没有回来——你死了。那么那个家里的样子：叠了或没有叠的被子，打开的书或喝剩的茶，相框里微笑或深邃的表情，喜欢的餐具或者围巾……每一个叫活下来的人可能驻足或多看一眼的场景，就都是你的死之后。如果你还写了书，画了画儿，作了曲儿，或者建了功立了业，那当然也属于你的死后，你的死后就有很多，也很久。

自从我知道了有死之后这件事，就总是在离开家的时候，不自禁地特意再去做一件事，比如把没来得及叠的被子叠好——本来是来不及了，但现在必须叠好，因为这有关死后；比如把墙上的相框扶正；比如把堆放的衣服收进橱柜。因为这都可能是死后的场景，是死后。一个人的死之后该正常平稳，和谐妥帖，没有凌乱，没有特出，也没有异样的猜测。我不要死破坏正常的逻辑，要让死符合自己一贯的态度和样子，让死不恐怖也不敷衍，让死自然地被接受。

从知道了有死之后开始，每一天，我都要为不可预计的可能到来的死做一两个动作。而写好遗嘱，则是最重要的，这关系到与你朝夕相处、冷暖与共的那些物质的生命：那些你曾经心爱的、震撼过你的好书，不断地有你的手、你的体温让它复活的书；那个从世界的另一端买来的烛台，已经成为视野里不可缺少的景象，就像一堵墙一扇门一个隔断，是这所房子的结构的一部分；那个毛绒玩具山魈，因为买了它才第一次了解这种动物，鲜红的鼻梁是最深刻的印象，鬼魅般的面孔，特别的名字，也是第一次去迪士尼乐园的纪念。要是我们死了，它会去哪儿？会在一个孩子手里吗？男孩还是女孩？不会被当作破烂卖掉吗？比我们有更长生命的物质们，但愿不要让它们被突然的惨剧击中，至少要让它们渐渐地适应，这是它们过去的主人应该做的。不知道它们因为比我们有更长的生命是更好还是不好，但至少，它们可能是不适于嘎嘣死的。

遗嘱对它们是安顿，是抚慰，是缓和，是告别。

死后，对那些曾经与死者共生命共呼吸的一切物质，不应该是一场浩劫。如果发生浩劫，那浩劫就是属于死者的，属于死者的死后。每一个死者都不会要这样的死后。

对了，还有钱，那些钱，无论多少，也应该走正义之路才好。

要是你不断地设想死之后，时常想象自己死后的光和影、人和物，便是一个还活着的人发现的自己的死后——你死了以后。这死，就不仅有死，还有死之后。

因为确实有一种死，像莉迪亚·戴维斯说的那样："我的姑姑死了。或者说比死更糟，因为没有什么东西剩下来可以被称为死者。"——这是什么意思？

一张照片，下面写着：这是在1955年4月18日，爱因斯坦离开办公室时桌上的摆设，当晚他便逝世了。——一个确凿有力的死之后。这不一定需要如雷贯耳的名字，却坚决要求曾经燃烧过的生命。一个人生前倾力的凝聚和死后的被凝视创造令人羡慕的死之后。这是暗示我们死之后与死之前息息相关，它们可以构成一个完整。

电影《布拉格之恋》片尾，有一个场景触动了我：早已远在美国的萨宾娜接到一封来自布拉格郊区关于托马斯死讯的信……不禁设想，有一天我死了，该将自己的死讯告诉谁？事先是不是应该有所准备。因为许多来路不同的朋友之间是没有交集的，有的人一旦不能联系到自己，就可能无法从任何途径知道自己的死讯。

死了，告诉别人，让别人忧伤？为什么？我想那该是一份最后的情谊，就是告诉朋友对方是自己生活里重要的人，是使自己生命里的最后一个动作也成为别人生活里的一个事件、一段情景——要是朋友因此而重温了往日的某一段时光或某一种心绪，就是给朋友的生活添上了一抹斑斓。

——这又是死后之一。是死的作为。

——因为没有想过死后就没有死之后？或者将有一个凌乱的、不可预料的死后？或者"没有什么东西剩下来可以被称为死者"？

现在发现了死的另一面——死之后。死的存在当然关乎死之前和死之后。确切地说，在死之前是没有死的，因为那时只有活；死了之后，便有了死，便有了死之后。它们因死而存在，因关于死的思绪而存在。事实上，只有在死之后我们才能看到死之前。

但我们活者只是看见了死之后的一半，在世间的一半。至于死者，究竟去哪儿了呢？死者，必定才是看到了另一半。而现在，你终于死了。你看见了什么？知道了什么？你该终于可以明白地告诉那两个孩子，死究竟是什么，什么是树之死。

我想要去那座古园，去看看那些老柏树，还有新一拨长大的孩子，他们会不会像当年你书里写的那两个孩子似的提一样的问题。因为一切都要重演。

那个地方，应该就是地坛。

在地坛：

  老柏树们阒然无声
  是风在动，偶尔，柔弱的枝桠也跟着风
  人睁大眼睛，屏住呼吸盯着他
  他还是看你或不看你，随你怎么想
  树叶和枝桠有时飘扬得像是他的舞姿
  他不倨傲，只守自己的肖然
  有时撕裂牺牲得像他的苦难
  他也不诉说

  无论你离他多远还是多近他都一样坦然
  坦然得
  就像我无论怎样去想你

  你找不到生出绿叶的那一刻，一瞬也找不到
  有限里行进的无限
  无限缓慢
  那种姿态与其说是模仿不如说是

实践永恒
你在他的缓慢和沉默面前
跪下
或眩晕
是触及灵魂的经历

是温暖的风或者凛冽的风让他和蔼或者坚韧
还是由于他自己
他从来不说

你去看他
你看他
粗犷得挺拔得
你搂不住他只能依偎
你够不着他只能依偎

或坐下来仰视
就看见了他上面的天

他亮着或者暗着
明亮里有辽阔的美
幽暗里有巍峨的美

风留下刀刃的痕迹
甚至斩断
风也抚慰

几千年的磨砺
痛苦已经风化
被风做成了美
不禁停下来要与他为伍
让自己站成树的样子
但我从不与他合影
凡人的样子自惭形秽

他姿势如风
风声低语长啸
枝干如铁如土
沉着如雨

对脚下蓬勃的草的崇拜
对天空高然飘走的云朵
对我对你
每一次长久的凝视
他都默然
以无限般的面容

即使见证每一次失恋
每一款隆重的婚纱
和步履蹒跚
和摇篮里的希望
他都一贯
模仿永恒的样子

也不帮你
也不想你
只是存在
在一个地方,叫作永远的地方
不离开你

我终于知道他的职责是
把不可能变成可能

居然渴望一种
不能实现的爱
是高贵的爱吗
你去问他
问树

他是有死的
与我们人类一样
但我们看不到
我看不到他的死
他从我出生站到我死去
从我初恋站到我儿长大成人
树
是我们有死者的靠山和朋友

跟墙
还不如跟树
至少他是我们的同类
有死的生命
也有轮回

轮回，在死之后该是新生。但只要我还活着，地坛里就没有你。只有我，还有树。以及你的死之后。因为我不想跟任何人说话，所以我谁也没有遇见。我没有在古园里遇见孩子，没有一个男孩和一个女孩，也没有提问和回答。那年在树下向你提问的男孩和女孩，不知是否已经懂得了死。

我们都是有死者。一个有死的生命，只有懂得了死才完整。在亲自经历死之前，我们只能经历他人的死之后。

一

人死了之后，便可能有墓。

1890年7月29日凌晨一点半，梵高死了。
从他住过的小阁楼上下来——
我看那阁楼上的房间，小得差不多只能放下一张床，不能想象画架该放在哪里；在奥威尔，事实上他已经差不多不能作画了，虽然他还在不停地作画；他还是画了杜比尼太太的房子，画了天主教堂，画了瓦兹河畔，画了林间的白房子，画了黄昏天空下的两棵黑梨树……

——从他住过的小阁楼上下来（虽然他只在那里住了六十九天！），出了园子大门，在村庄里顺着小路向右上坡。小路两旁斑驳的矮墙上伸出来的绿叶尤其明亮（因为梵高而明亮吗），青灰色的石头墙壁被雨水冲刷得刚劲清晰。梵高自画像的影子挥之不去。他的脸，仿佛是因为这墙壁而磨砺，而沧桑，而坚硬。或者是因为自画像的影子挥之不去，那墙壁才进入我们的眼睛。

拿起相机，到处都可以拍照，墙，树，天，以及痛苦却又热切的情绪，使你觉得每一种构图都是好照片，都值得留下。一直上坡，就能路过那个教堂，他画笔下的暗绿色教堂，夜空下的天主堂。一百多年来，那个教堂还在，我们看出来，右下角的咖色屋顶，被梵高画成了鲜亮的橙色。我们看到的风景的颜色，和画面有很大不同，也许是因为梵高是站在暗夜里，所以比我们看到的鲜艳、厚实。

我们也和教堂，和梵高的那幅画合影。不过合影真的不协调，那每一处风景里都不要有人，不要有旅人，不要有外来人，不要有突兀走进来的人。教堂跟梵高还活着的时候该是一模一样，不论是教堂守护着梵高，还是梵高的名字使教堂不朽，幸运的总是我们这群今天走上坡来的人。

从教堂的右边再往上走，经过左边是树林右边是石墙的一段坑洼路，就会来到高坡上，一片麦地之后，是一个墓园。一个常见的社区公共墓园。规模还不小。在墓园深处的矮墙边，我们找到了梵高和提奥的墓：并排两块一模一样的矮石碑，上面只有生卒。那个位置，是伽赛大夫选的，是梵高和伽赛大夫第一次来到这里时站立的地方，从这儿可以俯瞰瓦兹河边那可爱的绿色山谷——而今在这里我们已经看不到瓦兹河和山谷。但推开墓园矮墙边的小门走出去，就能看到麦田和树：一望无际的麦地，以及在大树掩映中的咖啡色房子。我们遥望，企图看到他曾经看到的。我站在麦地里拍照，等到麦子熟透的时候，那金黄的时刻，就会仿佛站在他的画中。

时间已经过去了一百多年，看到紧挨着的墓，和紧挨着的死去的日子，不禁在心里轻轻呼唤：提奥，亲爱的提奥！他们几乎死在同一时刻！时间只相隔六个月！

正如提奥的妻子迁墓时所期望的：

（他们）死时也不分离。（《旧约·撒母耳记》）

亲爱的提奥！这声音经久不息，几乎响遍梵高的一生。亲爱的提奥！——就是梵高和提奥。

找来尘封的《渴望生活》和《亲爱的提奥》，有一种热切的想重读的愿望。

朋友从巴黎传来西蒙娜·薇依旧居的照片——一面墙，以及上面的一行文字：西蒙娜·薇依—哲学家—1929—1940在此居住。不禁生出愿望，也想去看看。看什么，其实只有一行字，但是想去身临其境，走她曾走过的街道，臆想着能够感觉她的气息，凝视她曾凝视的，在同一个角度，看见她看见的夕阳。心里有一种感激，感激她留下了痕迹，好让我们有一个与她相关的地方可以去，似乎与她有了物质的联系——就好比是肉体，不仅是通过她的言辞。对一个你崇敬的人，一个可能的知己，一个对你产生过巨大影响的人，建立一种言辞之外的关系，物质—肉体的关系，是一向会有的愿望。

因为看见和走近以至抚摸梵高和提奥的墓碑，以及在墓前留影，我似乎与他们有了某种真实的联系。遥远的故事和遥远的死，仿佛变得属己、切身。

因为无法理解一个意志的消失，我们需要相信神的存在和灵魂的永生。而我们用活着的手在尘世间做的，便常常是墓，以为它象征着永恒。华丽的，雄伟的，简陋的，卑微的，复杂的，高贵的，乃至壮丽的群墓……是活者的意志或死者的意志。

比起来，我想再没有比夏多布里昂的墓地的姿势更孤独、更傲慢或者更霸气的了。

退潮的时候，我和朋友们踩着湿润却坚硬的沙地，再走过一段长长的、崎岖的石板小道，爬上一个高坡，就站在了一座孤悬的小岛的最高处。这个小岛位于法国北部的圣马洛城港外，叫格朗贝岛。在高坡的另一面下方，朝着大海，大西洋，就能看见夏多布里昂的墓了。整个岛上基本荒芜，只有他一个，他一个人的墓。石砌的围栏里，一块方石头，上面立着一个粗硕的十字架，没有墓志铭，没有名字和生卒，没有一个字。将来，过多少年，如果有了凹凸的痕迹，也只是浪的作为，风的作为。墓地紧邻大海，站在岛上看，那座墓的背景是一望无际的蓝色，真是孤独又壮丽。那天，风大得出奇，或许海边的风都是这样，我拢不住围巾，捋不齐头发，拍出来的照片真是动感十足，飘扬，宽阔。海上却一丝浪也没有，海面静得就像地中海，像一块细腻的蓝色地毯。站在坡上朝下看，你的整个眼帘里就只有这块墓地和大海，远处，圣马洛城就像一艘停泊在海边的大船……

这块墓地，是夏多布里昂1828年自己为自己选的："这样，我会在我如此喜爱的大海边长眠。"——他多奢侈，竟能够为自己选墓地，竟能得到这样一块几乎独一无二的墓地。

当圣马洛城的居民们终于同意给予他这块墓地时，他说：啊！但愿这个墓地长期空置着！但另一种说法是，啊，但愿我夏多布里昂及时死去，好真正得到这样一块墓地！

夏多布里昂的命运是，在恳求得到这几尺墓地之后的第二十年，他如愿独自长眠在大海边。他说，他只要听海和风的声音。

等到涨潮的时候，海的声音才来。海开始了巨大的演奏行动。一波一波的浪轰轰隆隆地，朝墓地涌来又散去，总是越来越急，越来越密，像是赶来聚会，又匆匆离去。带着节拍，带着速度，混合着风，和风的声音。要是没有那几尺围栏，没有那个十字架，没有夏多布里昂的倾听，那声音就会没有方向。在无边无际的孤独中，这样的声音不是慰藉，是存在。

等到涨潮的时候，那小岛就成了真正的孤岛，被大西洋的水包围着，墓碑的围栏几近淹没，那个粗硕的十字架的底色就是蓝色，仿佛筑在大海上。这涨潮和退潮，就是死后的夏多布里昂的时钟和季节，复返与年轮，是死后沉默的永恒回声。

夏多布里昂在活着的时候就完成了《墓后回忆录》，然后他说，现在是离开这个舍我而去，而且我不留恋的世界的时候了。

为死做了如此奢侈、充分准备的人，是事先就拥有了死？是活者的意志延续到了死之后？是为了安静有尊严地长眠还是为了不朽？

为了弥赛亚的来临,耶路撒冷的橄榄山上那执着的期盼已经延续了两千多年。那一大片石棺白花花的,占了整整一面山脊。没有一棵树、一叶绿植。裸露着,毫无衬照,毫无依托。就像死被公开着、宣告着,静止地等候在那里,固执地等,等了两千年。没有任何其他生命在这里生长。石头,依然还是石头,是坚硬的,是永恒的。石头,是那种清寒肃穆的白,刻雕的白,直接的白,或者与其说是沉痛的白不如说是日常的白,不朽的白。据说那是离天堂最近的地方,是犹太人最神圣的墓地。还有少许空地,还会有新来者加入,当然不是随便的信者,而是竟至于要成了圣的,并且还有昂贵的费用——这事实,让这块墓地回到了人间。

这凛然的群墓,它们是集合起来的期盼弥赛亚的意志,已经与每一个石棺的主人无关。

布拉格的旧犹太人墓园里,那天阳光通透,本来拥挤杂乱的墓碑因为明媚的光线而错落有致,显出细部的迥异,光影里的斑驳和倾斜则是沧桑和苦难的剪影,让你驻足许久,那么耐看,那么意味深长。因为时间和空间的久远,人们几乎不再去读墓碑上的文字,只看那立了久远的姿势,有些依然挺拔,有些已经坍塌、残缺,荒草有时高过了墓碑,这些墓碑早与具体的痛苦无关,与每一桩遗憾无关,感慨的都是大人生,表达的是虚无的形式。必须有太阳,墓地一定要配以充足的阳光,在生命的光线里,死,才能与生有关。(相对于热烈的生,死才更凸显?)

耶鲁大学"后院"的墓园里则春风瑟瑟,似乎已经没有高空的太阳,黄昏已近(因为我们到达的时候已是黄昏?),墓园静谧冷清,与青灰色的天空浑然一体,构成俨然肃穆的风景。我们坦然地读着墓碑上教授和孩子的名字,虽有长长的岁月,依然禁不住丝丝惋惜地感叹。院子不算大,只有我们几个人,和那些大大小小简朴或刻意的清冷石碑在一起,显得我们身上也少了热血。院子有一个门房,像某个景点,是耶鲁历史的一部分。一两百年何其短暂——也就只有那么一小块园子。那园子再不会扩展,已经不是谁都可以躺在那里了,挤不进去更多的人,所以它不会只属于在里面的人。它属于耶鲁。它是风景,它是象征。

墓和墓园,是为了让我们看到永恒还是看到不朽的虚妄?

墓碑,因为石头不易毁朽的物质特性而显得墓的主人不朽?可无论怎样坚固的石头都有朽坏的那一天,对不朽来说,墓碑是太脆弱了。

克尔凯郭尔说,如果要在他的墓碑上刻墓志铭,他要刻上"这个个人"——这个坚决拒普遍性而远去的孤独个人。但这几个字,因为机缘不巧,并没有真的被刻上墓碑。但这预先的言辞,这比石头更长久的言辞,因为如此符合他的意志和行为,其实已经永恒地象征着他,是岁月和风雨毁不掉的墓志铭。因为对有死的人类来说,只有"一种东西将活着,那就是他们最独特的本质的标志,即一部著作、一个行为、一个稀有的光照、一个创造:它将活着……它是对一切时代的伟大事物的共属性和连续性的信仰,是对世代变迁和倏忽性的一种抗议"[1]——这才是"永活"的根由和可能。

比如爱。比如梵高给予绘画的炽热的激情,爱,无论怎样的贫困,怎样的屈辱,怎样的孤独,都不能毁掉,这不停的、热烈燃烧的爱,这无比诚实、倾其所有的爱,这饱含艰难困苦的爱。这爱所创造的,所延续的,才是梵高的不死和永活,是梵高这个名字真正的不朽之义。

比如苏格拉底。他既没有墓碑,也没有文字留下。他以一种最高的生活方式,即以沉思什么是最好的生活为生活方式度过了一生,这种彻底的对哲学生活的践行("一个行为"),是最高的爱欲。正如在《会饮》里,苏格拉底转述第俄提玛关于爱欲的教诲时说的,那是第三种最高的不朽:"注视永恒之物,或许与永恒之物成为一,是哲学家达到永恒的方式之一。"正是在这个意义上,苏格拉底是不朽的。

可以说,没有什么比注视永恒之物,与永恒之物合一更为不朽。对永恒之物的爱欲,无论是以绘画还是以诗,以雕塑还是言辞,是最给人快乐的生活方式,是思想的快乐,这坦然的快乐,"比身体的快乐更加不固定,更加持久、更加自足"[2]。这既是我们偶尔遇到的经验,也是我们在无数不朽的先人身上看到的。而我们凡人,差不多都停留在第俄提玛教诲里所说的第一和第二个阶段上:我们或者生育,生育肉体的世世代代,把自己身份的延续当作

---

1. 引自尼采《历史对于生活的利与弊》。
2. 引自布鲁姆《爱的阶梯》。

不朽的象征；或者做诗人、发明家、政治家、立法者和创始者，企图在荣誉与功业的恒久流传中不朽。但从第二个阶段到第三个阶段，并不断裂。确凿的是：诗、创制、法、城邦、教诲以及随之的荣耀是比个体生命长久的东西，是趋向不朽可能的东西，而那最高的不朽，虽不能达到，却并不与我们无关，那不仅是我们的方向，也是衡量不朽的标尺。

在这个意义上，我们是不是也可以说，一个人的不朽，不是在死后，而是在生命中间，对"注视永恒之物，或许与永恒之物成为一"的践行越是纯粹，便越接近永恒——因为永恒事实上是达不到的。那么，不朽既是名词也是动词。走出一个又一个洞穴，虽然究竟哪一个是最后，哪一次是真正走出了洞穴——那便是永恒之物，没有人知道。但推而演之，是不是那些追求永恒之物，以追求永恒之物为目的的文字和功业是人所能做的最可能接近不朽的事情？其中哪一样更易朽坏，只看其与永恒之物的关联程度。究竟有多长的死之后，只看曾经注视永恒之物的专注有多深。

那么死之后，墓究竟意味着什么？何以拥有，何以舍弃？

其实，企图不朽是人的妄念，上帝如此设计的人之欲，是为了给我们不息的生命动力吗？那永恒之念，从人类的头脑中生出的那一天起，就引领我们。但它是为了引领，不是为了实现，因为只有神才是不死的，不朽的，只有神。

关于不朽，如果最强大的是言辞，那么最卑微的就是墓，这是凡人用来安慰自己的。人们需要墓和墓碑，就像需要一本可以怀抱的纸质书,不仅可以阅读,还可以摸着,可以辨识,可以亲吻……一个没有亲人和爱人的人的死,该属于莉迪亚·戴维斯说的那种——"……没有什么东西剩下来可以被称为死者"。一桩悄无声息的死,没有痕迹和动静的死,就像没有过生。

真正发生过的,是爱。只有爱,最强烈的对死者的爱,是这个死的最大最远的涟漪的源泉。死的悲痛则是爱的"报应"。如果那爱,或者那悲痛无可依赖,就想依赖一个象征,形式就是最真实的象征。但是这样的形式的东西不是不好,是好起来太难。因为象征承受的东西太多了,近乎完美。对这样的形式的追求之难,简直难到不如不做。

——确实,不做一定比任何一个做出来的都要完美。

事实上,你找不到一处完美的地方作为墓地,你做不出一座完美的墓碑!因为只有到一百年之后,那形式才能完美,那时完美才可能降临。或者不如说,只有经过一百年的震颤与摧毁、淘汰和坚持,那形式才可能趋于完成。

所以完美的情形是,你爱墓的主人,这个人至少在一百年前已经死去,并且他有一座墓。此时,墓以及周围都已"趋于完成"。于是我们可以据此启动一次朝拜的旅行。这个人,因为我们在启程之前就已经爱了,因为他的墓已经生长了一百年,所以我们不会失望。我们只会因为亲眼观看过他的墓而觉得仿佛跟他终于见了面,有了更深的交情。他的墓总在那里,随时可以再去,去,就是以我们的身体行为,一再地重建和加深与他的关系,每一次去,都会有感觉,感觉到他的存在,他的一切又在回响,不仅成为其思想和品格的背景，也成为我们和他共同参与的存在。在同一个空间里，同一个时刻，甚至同一片夕阳下——如果你恰巧是在黄昏的光线里与墓碑合影。每一次前往，也是塑造，是给墓碑补气添刚。

但我们终究要的，不是墓，是死的高贵，是一个意志的不朽。一个人死后有没有墓，与所有的事一样，全看机缘。一种意志何以延续？当活者集聚起死者的意志所承载的所有高贵品质，效仿他们，检省自己的时候，就会真切生动地感到延续在发生，在生长。这时候，是意志注入了肉身，是死的复活——这样的经验，不是传说。

人死了之后，几乎无一不拥有的是死之后。

亲历的死，各种各样。死之后与死之前，彼此映照，息息相关。那最后的谢幕，至关高贵。

有一种死，是事先知道的。我的一个朋友，在听到医生宣判他可能只有三个月的寿命之后，第一个反应是感恩命运，他说他怕在没有准备的时候突然死去，措手不及，现在命运给他时间，让他把自己特别想要做还没有来得及做的事情赶紧做完，为此他很庆幸、感激。我听了之后暗暗钦佩。他是如此懂得人该怎样看待命运之手，他又是何等明白死之后无论如何也难以插手人间的事了，对这个如此明显的事实，其实没有多少人真正知道该怎么做。

至于在死之前做什么，也各有各的道。

比如苏格拉底。苏格拉底面对即将来临的死，也是事先知道的,并且确切地知道,在哪一天哪一刻,在饮鸩之后,在傍晚,在天黑之前,在双脚沉重之时……他说的是千古名言:"我去死,你们去生。我们所去的哪个更好,谁也不知道,除非是神。"苏格拉底之死被追溯了两千多年,因为他在死之前和死之后都努力地作为着。有死之前(苏格拉底不仅仅是遇见了死,更是选择了死)的无尽专注,更有不息的死之后。他对死的钻研直到今天还在被我们延续着。这是在对死的思中活下来的死的不朽。

一个朋友跟我说:"如果明天你会死,你仍旧相信今天做的,是你想做的、应该做的,那么你就是一个活成功的人。"就是说,重要的是,即使到了最后,也要走到正道上去。这正道,正是不朽之路。

在死之后的种种景致里,这些鲜明的死之前闪耀在跨越界限的全景里,就像"一个稀有的光照",追随着不朽。

死之前,你可以像夏多布里昂一样选一块不可多得的墓地,你也可以写这样的诗:

啊,节日已经来临
请费心把我抬稳
…………
请费心把这囚笼烧净
…………
我已跳出喧嚣
谣言、谜语和幻影

○ 死之后

……………
从那儿出发又从那儿回来
黎明、夜色都是我的魂灵
……………
在那儿生长又在那儿凋零
萌芽、落叶都是我的痴情
……………
我的生命
从那儿来又回那儿去
天上、地下都是我的飞翔[1]

这诗,是事先写好的,待死亡降临,便出生;死之后,也像生命之手仍在挥舞,如魂灵在空中笑傲。死之后,竟也可以是自己目睹的。

于是想到,一个令人艳羡的死之后如此之难也如此之易,只需要一首诗。

1.集史铁生诗句。

二

死者的烟缸一直都在，为了不让它空着，就让它盛着七八根烟头，那样烟缸才像个烟缸。不断有新燃尽的烟头进来，烟缸才葆有热度。

出门旅行，不自禁地还是买烟缸。用铁轨上的旧枕木做的，显得日久沧桑，再敲上几颗铜钉，文艺腔就十足；而希腊圣托里尼岛上的蓝色烟缸，就是价格昂贵，也要买，地中海的蓝色是无法模仿的。烟缸，让抽烟的活动总是正当。

旧烟缸很大，一个长方形木头盒子里卧着银灰色的金属槽，木头上的咖啡色漆已经驳蚀殆尽，但一点也不影响使用。半夜睡不着的时候坐在床上抽烟，总是用它，它重，它大，它稳，放在被子上没有危险。有时候觉得，不仅是烟，更是那烟缸，把焦躁压了下去。那烟缸不是玻璃或水晶，摔不碎的，也用不坏。在我们家，抽烟是正当，不是因为有烟缸，而是正当在先。白墙和白门，已经被熏黄，所以便不再担心。凡抽烟人来，总是惊喜，总是惬意。

人们想念死者，有时沉默得说不出话，甚至也无法抽烟——因为身体就像凝固了。等到能够起身，便去抽烟。死者的生息在烟雾里缭绕，烟头新鲜饱满，烟缸依然不懈怠。死者与生者，就像梦境与现实，因为弥漫而混淆，因为沉醉而穿越；却又借助抽烟的姿势而不失重，不空洞，不掉进虚空。沉默的抽烟人，也不仅是阴郁和冷峻，不仅是缓慢和专注，不仅是悲痛或沉思，还是深邃和慈祥，是宽容与生动，是高贵和优雅……

你抽烟，总是抽半截就要掐灭，有时用手，有时用小剪刀，剪掉一点炭黑，再点燃，似乎当作第二根烟。你说你其实就想抽一口，可烟这么长，渐渐就找到了这样的办法，似乎也是一根烟做两根烟了。为什么只想抽一口？是不是其实抽的是形式，喜欢的就是找到烟，点上火，然后就有了抽烟的姿势？是喜欢点火的感觉吧？还是喜欢掐灭的感觉？或者就是要在手里把玩？抽到那烟味儿了吗？喜欢那烟味儿吗？我怎么从来没有想到要问你。

人一动脑子就想找烟抽；痛苦的时候也是抽烟，抽一整夜；好不容易有周身通畅的感觉的时候，想到的标配，也是抽烟；透析之后，也总是想抽一口烟儿，那是歇息，是回家了。

男人说话的时候手里有一根烟，就可以随时停顿，随时沉默，很让人羡慕。要是自己手里也有一根烟，就也可以不说话。抽烟者沉默，理由充足。它可以发生在任何场合，没有什么不适宜的场合，也没有什么感情不可以用它来表达。抽烟者是镇静的，抽烟既是拒绝也是接纳。因为它的形式没有任何既定的意味，所以意味无穷。

我喜欢的男人，都抽烟。我喜欢看男人抽烟的样子。在等待男人摸烟、找火、点烟的时间里,你领略到有条不紊的执着;在他吐出的烟雾里,你看见平安;在不声不响的沉默里,女人开始谦卑;在不易察觉的习惯中,你不再走开。《香烟》这本书里说:"那是一种特殊的气质和系统,或是一种暗示,一种能够被人深入理解和交流的信息。""冻结时间的流逝,并在难以抵抗的迷人冷漠与消极之中,启动另一种穿透性的特殊时间。""……香烟所带给吸烟者生活的那种高贵、阴沉而美丽的愉悦。"这种浪漫的描述,很符合我心目中吸烟男人的形象。

羡慕男人可以自由沉默,我偶尔也小试一根。尤其喜欢最后把烟头掐灭在烟缸里的那一捻,那种力感多么节制多么优雅。我们一起闲坐抽烟的时候很少,总是你先给我点。其实自己点烟,也很足够拍一帧定格的风度呢。现在我愈演愈烈了,竟然终于开始破戒自己买烟。我觉得女人要是活得长,就不仅要会抽烟,还得抽得像个样子。要是看见那个变成了老太婆的我,你一定忍俊不禁;哦,还抽着烟,你会说:真酷!

想象一下,你很老很老了,起不了床了,甚至还需要喂饭,你就差不多什么也做不了了。但是,只要胳膊抬得起,就还可以抽一支烟,假如抽一支烟的力气还有。

你满脸都是褶皱,褶皱已经改变了皮肤的颜色,手上的青筋像贫瘠的土地上爬满了青蛇;消瘦而暴突的眼睛很难再表达善意;要是有一副漂亮的假牙会比较好,没有的话,就表明再不能喊叫了——那种向世界表达力量的喊叫;也早已经没有力气举起手来向世界挥舞,或者朝卑鄙者扇耳光;剩下的只有接受,接受这个世界的一切，往里，往后，退下去……

然而，要是你会抽烟，你能够抽一支烟的话，就太好了。你抽烟，意味着你仍旧在享受生活；不仅人家看起来你还在享受生活，你就是真的正在享受生活。女人抽烟的形象总是叫人浮想联翩。往昔你不羁的剪影迭现闪回，你谈笑风生，像男人一样嘴里衔着烟，雷厉风行或沉着坚定，你优雅的"烟姿"和你的睿智不曾分离，在烟雾中杳然而上……你无所顾忌地抽烟，哪怕在病房，哪怕挨着死神，也不管谁坐在对面，更毫不理会苛刻的医嘱……

那根烟，短却纤细，轻却以雄性的烟叶密集，有起点，有方向，可以镇静地燃烧，也可以缥缈玩味，那最后烟缸里捻灭的一捻，像一个结论，一般应该停止说话，专注地去做。但是老了就不必，老了的重点在于上升。你老了，你尽可以轻世傲物，老成如此还飘举着烟。让烟雾袅袅，便有了一种气势，像一个宣告，一个朝向世界的力量，那不羁镇静、坦然，那自由又高傲又顽皮，高高在上。为了这个时刻，女人得学会抽烟。我真的希望，那个样子，会成为我死之前的样子。为此我得好好练习，那样姿势才会自然、熟练、轻盈、高贵。

不要说话，用最后的力气，慢慢抽一口烟，用最大的力气，把它捻灭在那个旧烟缸里。不，其实需要的不是最大的力气，而是最平衡的控制力，才能使那一截烟屁垂直地熄灭，宛如能主宰自己的死，宛如坚定优雅的死。

死之后，这将成为一个定格。

三

如果在死和活之间有一个分界,死者与活者,则是在死的两边,分别看到了死之后。

那些神秘的灵媒人告诉我,死者仍旧存在,偶尔会临在,有时死者似乎也是万能的,会插手人间,成就我们。如果死者发言,会怎样被听到?

——死者可能存在,却不会发言。但是既有所谓沉默之声,该听见的就必会听见,该呼应的也必会应和。

活者和死者,在死之后,其实都在作为。

譬如你,也譬如我。

你死了你就无法掌控局面——无论是对作品过分的赞美还是无意的歪曲,无论是对过往的敬意还是肆意,还有你承受不起的好意,你都一律以沉默回应。假如你今日肉身在场,也依然对这一切都保持沉默,该是如何的情形和意味?要做到坦然、顺从得无与伦比,只有死,却不是仅仅死就够了的。相反,高贵的沉默需要死的在场。因为不存在的东西,无法沉默。对活者,沉默的反面是声音;对死者,沉默的反面是不在。

你不会再有作品问世,这等于沉默。对世界,终于可以不再说什么，因为事实上早已无话可说。所有的话，都被古人说过了，现在也被你说过了，还将被所有死后沉默的人说过。

你不会再有作品问世，这等于沉默吗？给你编全集——没有死，就没有全集——这沉默的声大到不绝于耳，像生长的呐喊。

新的复杂和尖锐层出不穷，你却沉默了，你不再发言。我知道你从来反对以"立场"发言，反对不动脑筋的懒惰，于是我学习，我思考，于是就分明听到你的呢喃，你的分析，看到你又在开辟自己面前的荆棘之路，这路上，必有"披荆斩棘"的声响。

世界的响动从来没有停下来过，我却始终隐约听见你的沉默，以此为视角，为尺度。也一如你始终的疑惑和兴致，对人的理性无法解释和理解的世界隐匿的另一面，对超自然的力量，对死——它们的缄默和秘密的启示——保持注意。奥秘或许会在沉默的呼应中慢慢显露？

写到这里忽然感觉，如果改"你"为"他"，上面这一段就会是这样子：

> 当然他无法掌控局面——无论是对作品过分的赞美还是无意的歪曲，无论是对过往的敬意还是肆意，还有他承受不起的好意。假如他今日肉身在场，也依然对这一切都保持沉默，该是如何的情形和意味？要做到坦然、顺从得无与伦比，只有死，却不是仅仅死就够了的。相反，高贵的沉默需要死的在场。因为不存在的东西，无法沉默。对活者，沉默的反面是声音；对死者，沉默的反面是不在。

他不会再有作品问世,这等于沉默吗?对世界,终于可以不再说什么,因为事实上早已无话可说。所有的话,都被古人说过了,现在也被他说过了,还将被所有死后沉默的人说过。

他不会再有作品问世,这等于沉默。给他编全集——没有死,就没有全集——这沉默的声大到不绝于耳。我在后记里说:"他已经去世五年,五年没有再往前走。今后还会有更长的时间止步不前……"——这是最大声的沉默,是要生长的呐喊。

新的复杂和尖锐层出不穷,他却沉默了,他不再发言。我知道他从来反对以"立场"发言,反对不动脑筋的懒惰,于是我学习,我思考,于是我就分明听到他的呢喃,他的分析,看到他又在开辟自己面前的荆棘之路,这路上,必有"披荆斩棘"的声响。

世界的响动从来没有停下来过,我却始终隐约听见他的沉默,以此为视角,为尺度。也一如他始终的疑惑和兴致,对人的理性无法解释和理解的世界隐匿的另一面,对超自然的力量,对死——它们的缄默和秘密的启示——保持注意。奥秘或许会在沉默的呼应中慢慢显露?

读起来毫无障碍,就是说,我已经有能力把"你"变成"他"?——你什么时候变成了他,你就死了。于是我想,也许对每一个亲爱的你,死之后的功课之一是转变关系,是让死者变成旁观者。

你的沉默在眼前,他的沉默却在一边。你的沉默是巨大的不可忽略的存在,他的沉默却可以扭过头去,装作朝前看的样子。不可忽略的，必有它的使命；听见沉默的，是沉默者的同盟。

那个你，现在是什么？

我？怎么说呢？真说不清。可能有两个层面。对你们来说是什么，以及对我来说是什么。关键的问题可能是，什么是"我"？我说不好我现在还是不是——"我"。"我"这个东西，在人间才有吧？不是有了"你"才有"我"吗？"我"只有对"你"说话的时候，那些回忆和记忆才聚集起来；只有当你专注想"我"的时候，我才重新又组成对你来说的"我"。别的时候，我不知道我是什么，那个"我"已经"解散"了，飘散游荡在偌大的宇宙里，丝丝缕缕，无处不在，又不在任何一处。我没法针对哪一个，因为我没有坐标，我不是任何谁的"你"。

那些"巫婆"传来的你的讯息，是真的吗？

绝不要忘记这是两个世界，这两个世界还没有必然的通道，我们还只能靠机运、靠偶然惊鸿一瞥。不要企图"越界"。那些"巫婆"传来的话，因为是她们传的，必带着她们语言的习惯指向，带着她们的世界观，带着她们的诠释。真相要靠"你"自己"捕捉"，靠放松、靠等待，越执着，就可能越不确凿。有了感觉就要相信，越相信就越确凿。

还说过，不是要克制吗？

所谓天机不可泄露。无法究竟的事，执着就是愚蠢。

这边与那边,最大的不同?

最大的不同,就是没有立场。连时间都没有,没有方向,没有坐标,哪儿来的立场?站在哪儿呢?怎么知道站在哪儿呢?没有左右,没有上下,也没有前后。这儿只有力量,没有敌我,没有慰藉和不朽,也没有光荣和耻辱,说得再严重点,就是没有善恶。这里只有平衡——力量只用来平衡。

倾听,便会在死的沉默里听见;意愿,便能在活的专注中成就。

柏拉图说:"……死亡不是别的,正是灵魂从肉体分离出去……我们若想得到某种纯粹的认知,必须脱离肉身,和灵魂一起审视事物……只有在这个时候,我们才能得到渴望和喜爱的理性,也就是说在死后,活着的时候办不到。"[1]我愿意相信柏拉图猜得不错。有使命的死者的工作之一就是偶尔回去朝那里看一眼——某种程度上重新化为肉身,"以便在这个世界上、在有死的人生里传播超自然之光的映射"[2]。我愿意相信我亲爱的死者是有使命的死者,那么,死之后,他一定忙得不行,得让他忙。

2014—2017

2017.6.2改订

---

1. 引自柏拉图《斐多》。
2. 引自薇依《柏拉图对话中的神》。

萨拉邦德

我把这个电影看成一个重逢的故事，一个女人终于有勇气也有能力去赴"重逢"的故事；我把这个电影看成一个成长的故事，无论多么老，我们女人，还都有成长的空间，还可以去做我们曾经、长久没有勇气做的事——因为我们心里总是有爱，那爱，竟会随着年龄，越来越坚定、宽广、深邃。

《萨拉邦德》是伯格曼拍的最后一部电影,上映的时候,他八十五岁,之后第四年安详过世。

故事讲的是约翰的前妻玛丽安打破三十年的沉寂,长途开车去看约翰。

这三十年,不能说玛丽安总是在思念约翰。约翰给玛丽安的伤害,电影里虽没有说,却是可以想象的,且怎么想象大约也不会过分。不然沉寂不会持续三十年。这三十年间,玛丽安该有过多少次动身的念头?又多少次终于没有成行,也是我们不禁想到的。

那无从预计的重逢一定被设想过无数遍了,玛丽安自己的,约翰的,都无从预计——就像玛丽安直到走近约翰门前那一刻,竟不知自己会停下来,盯着手表,一秒一秒,数过整整一分钟。

六十秒的犹豫与胆怯还是恐惧与战栗?

她犹豫了,因为胆怯?胆怯什么?怕约翰冷淡她拒绝她——无疑她曾被拒绝过。但现在,她根本不再期望他什么,就在停车的瞬间,她还想,也许我该开回去,这次似乎不理智了,跑过来是一种冲动?——为什么是冲动,理智要求她什么呢?

在男女关系的挫折里,理智要求的,往往是尊严。她为什么停下来,当然是因为尊严!

三十年的沉寂,已经足以让尊严高高耸立。如果在现场是犹豫与胆怯，那么在之前，必已经过恐惧与战栗，三十年的漫长岁月，都仅仅属于玛丽安自己。无情的背叛，彻底的孤独，无尽的思绪，只身一人的恐惧与战栗，练就了玛丽安的勇气，它们是今天的玛丽安的后盾。

理智还要求宽容和怜悯，玛丽安如今也带着它们。

她终于还是推开了门——镇静坦然地。她没有丧失尊严，因为玛丽安的尊严已经无法丧失——之所以沉寂三十年，就是为了种植尊严，让尊严长大，让尊严再也无法丧失。

约翰迎接玛丽安时，只有喜悦，只有轻松和愉快，没有愧疚，也没有尴尬，更没有感慨。约翰甚至拥抱了玛丽安，感觉得到他还记得过去——过去他们曾经拥抱。

约翰的轻松喜悦一下子挡住了玛丽安满心满眼的感慨，几十年的隐忍和祈盼终于张开、走近，却显得那么不和谐。感慨在轻松面前总会选择掩盖，眼泪在轻松面前是不合适的，也要忍住——于是玛丽安回应以愉快。好在她的感慨和眼泪只属于自己，跟约翰无关，也更不需要约翰知道。

现在，一切都很好，不是吗？

约翰可能早已忘记过去自己曾经的背叛，当然更不记得玛丽安的痛苦。他甚至都忘记了玛丽安的年龄；他还理所当然地认为玛丽安会留下吃晚餐，会在这儿住一段，甚至住下去……

玛丽安却没有忘。她的目光告诉我们她没有忘，她在约翰的房间里无限感慨地慢慢走着,听到咕咕鸟的闹钟响,抬头凝视着墙上的画,站在钢琴旁边,甚至轻轻摁出了琴声……这都泄露了玛丽安什么都没有忘。

约翰如此轻松地说:"我打算抱抱你。"

玛丽安却几乎泪下,"我们就要开始拥抱了吗?"——我们过去曾经拥抱……

玛丽安克制着,保持了与约翰的轻松的同步,他们像亲人一样地亲吻……

看到这里,我却想要这样拍:

她终于站到了他的身边,她和他,终于可以拥抱了,她无助、孤独了太长的时间,她渴望已久……

可是她却停了下来。

她意识到:无论怎样紧紧相拥,无论怎样全部地、身体每一个部位地贴近、接触,也不能实现她的渴望。

甚至做爱,也不能。

甚至,还能甚至什么?

究竟还能够怎样?她已经深深地知道,用身体(物质)终究是不能完成的;心灵之间,已是永生永世地隔膜了。

镜头的解释该是这样:

也许，就用目光相拥吧，有一种目光会让你赤裸，犹如在光天化日之下赤裸，然而却只有对面的那一种目光可以看得到；来自这样的目光，当然是更加肆无忌惮的抚摸，更加教人战栗和眩晕！就让他们这样相遇吧，不要再走近一步，不要触碰，不要说话，之间的距离是永远都不能走完的，在有一步之遥的地方，就再也走不动，就一直停在那里——彼此看见。剩下的交给眼睛和心灵，交给独自颤抖的身体，交给由此而来的热泪，交给凝望的定格——当你实现不了完美的时候，就不如退一步，退到起点。不做，不去做一件无比渴望的事，却最切心里的意。

不如停在渴望的边缘，让那渴望继续，让那渴望不断成长，成为不可企及，成为完美。

一触碰，就碎掉，就会堕落成像饥饿一样的需求，像饥饿一样瞬间可以满足，像饥饿一样，发生一次满足一次，循环往复从不往高处走，像饥饿一样不高贵。

当然，上面的解释是给扮演玛丽安的演员的。但是约翰不会配合，隔膜的，甚而永世隔膜的两个人之间，怎么会有目光相拥？怎么会有凝望？

重逢，或抹掉耻辱，或放下尊严，或温情重现，或漠然陌生，或重燃激情，或平静礼貌，或虚假伪善。重要的是仍有爱情还是已经没有爱情。尽管有那么漫长的沉寂，终于沉寂还是被打破，因此，玛丽安的重逢里还有爱？我说，玛丽安的重逢里没有爱情了，只有对爱情的回忆。只是那爱，因为被封存，所以没蒸发掉。

先要有沉寂，之后才能有打破沉寂。借助漫长时间的力量，在沉寂中，独立和尊严才能成长。就是说，真正地寂静无声，真正地独自一人，那样才能升起纯粹无杂质的尊严。培育它的，是骄傲，不是居高临下；是怜悯，不是轻视；是爱护，不是爱情；有温暖，但没有激情，不会因为对方的态度和作为而有所改变，不会被对方的反应所影响。并且，沉寂，必定准备永远沉寂，才是沉寂（一如亚伯拉罕那无边的沉默）。为了最终会有一天打破的沉寂是假的，也无法沉寂。所以它必须不是要求而是愿望，必须是需要而不是被迫。

玛丽安隐约感觉到约翰需要她，就答应小住下来。

玛丽安看到了约翰晚年生活的孤单、焦虑，以及跟儿子和孙女之间的种种纠缠与矛盾。

约翰依然任性肆意，比如对待自己的儿子恩里克，依然总是怀着仇视——而恩里克的不可救药与恶习难改某种程度上让观众觉得其与约翰如出一辙；玛丽安则以自己的智性、善解人意，努力做着说和、劝告。

恩里克的妻子安娜是电影里的一个偶像，一个女神人物！她一定比恩里克高尚、温柔、明智，然而她死了。而让人不解的是，这样一个漂亮高贵的女人，何以与恩里克这样的人相爱——这恰恰也是约翰心里的问题。但这问题约翰只是向着恩里克去问。

当约翰质疑说恩里克（这个混蛋！）怎么有权爱安娜，而安娜竟也爱恩里克时，约翰没有去看坐在一边的玛丽安的脸。他觉得这样的事实很讽刺。于是他（猜想）说：你笑得很讽刺。玛丽安说：我没笑。我在克制我的哭泣。约翰说：你没理由哭啊。

——有，但我不想说。玛丽安回答说。

因为玛丽安知道问题的答案。她的答案就是她自己——她何尝不是活着的安娜？！她的答案就是她与约翰的真实经历。没有理由，只有事实。

这事实，让她以至于要哭泣。

她不想说——她在约翰面前说她不想说，就是说她变得有力量了，她明白又坚定，宽厚又善良。安娜死了，定格在完美的瞬间。玛丽安却活着，终于活到了坦然。那坦然更美，更让人羡慕，让人钦佩。

一天夜里，约翰被突如其来的一阵害怕惊醒，从床上坐起来，跑去敲开了玛丽安的门，大声叫醒玛丽安。怀着恐惧的约翰无助地站在玛丽安房间的门口，然后慢慢地，一览无余地脱去了自己全身的衣服——彻底袒露了自己的软弱和恐惧。然后约翰对玛丽安说："你也脱了。"（约翰要求玛丽安的是什么？是想说，我们是一样的肉体的凡人？是软弱要求软弱？赤裸的意味是什么？是彼此交出一切？）玛丽安看着约翰，慢慢地镇静地下了床，坦然脱去衣衫。

玛丽安以坦荡和赤裸回应了约翰：于是他们赤裸裸躺在一起。没有性，只有慰藉。也许该说是互相慰藉着——我却说，是玛丽安更勇敢更宽厚，是她慰藉了约翰。

约翰的软弱，约翰的恐惧，约翰的无奈——现在，全是约翰的负面！玛丽安看得清清楚楚——她甚至怜悯他。但她关怀他，帮他，甚至还敢于给他慰藉，接住了他的坠落——接他躺在自己身边。三十年之后。她没有跑来宣泄多年来的委屈，没有哭泣，没有埋头依偎，她是平静的，微笑的，她是平缓的，亲切的——尊严已经铸在她心里。

她会陪伴约翰一阵子。但是她要回去，她肯定要回到从前的生活——回到没有了约翰之后的三十年那样的生活中去。她不会因重逢而重新沉溺。

玛丽安可以回去了，比起来的时候，步履更坚定，没有胆怯，没有恐惧与战栗。不是没有欲望，而是欲望高起来——竟是要做女神（安娜）的意思。她当然会寂寞和孤单，但她学会了顺从，学会了以爱去顺从。她一步一步地接受着约翰的离去，直到最后离去。没有悲伤，没有遗憾，只有坦然，和祈祷。

她成了一个温和又坚强的老太太，热烈不息的爱情与深邃清晰的坚定使她老得那么漂亮！那么令人艳羡！

玛丽安的生活会井井有条。虽然她仍旧会偶尔感到孤独，那偶尔的孤独，可能是因为约翰，也可能不是，那是生活的自然。玛丽安早已经懂得这个道理。那孤独绝不会大到再一次打破沉寂，这不仅仅是因为那时玛丽安太老了，而是重逢已经发生过了。

大提琴演奏的《萨拉邦德》舞曲渐渐响起，一再响起，缓慢，沉重，却不悲伤。

结尾的场景是，玛丽安坐在桌前，面前是一大堆往日的照片，拿起安娜的照片，她想到的是安娜的爱——何尝不是她自己的爱；她还说，她（终于）去看了自己在疗养院里患精神疾病的女儿，（她多久都没有去了？也许她一直没有勇气？）她说，她第一次意识到……感觉到，她在抚摸女儿，她自己的孩子……

玛丽安一定是在回顾生命——想起我们的一生，就想起我们爱过的，那是我们仅有的和最宝贵的。

我把这个电影看成一个重逢的故事，一个女人终于有勇气也有能力去赴"重逢"的故事；我把这个电影看成一个成长的故事，无论多么老，我们女人，还都有成长的空间，还可以去做我们曾经、长久没有勇气做的事——因为我们心里总是有爱，那爱，竟会随着年龄，越来越坚定、宽广、深邃。

如果这个电影是一个女人拍的（看起来简直没有破绽），也许到此就该看完了。

可是，这电影不仅是一个男人拍的，还是一个八十多岁的男人拍的，就是说，这是一个老男人看到的和想表达的。这不能不让人有了感慨，从而对伯格曼心生敬意。

偶然读到伯格曼的生平，读到有个叫丽芙·乌尔曼的真实女人,我才知道,她不仅曾经是伯格曼的情人,也是这个电影里的女主角,以及,在伯格曼八十二岁那年(丽芙·乌尔曼六十二岁),他们分别三十多年之后,丽芙·乌尔曼到法罗岛上去看伯格曼。伯格曼说:"晚上我送她回去。沿着斯德哥尔摩寂静的街道,我们走了很久……人世早已无可留恋……"伯格曼一生结过N次婚,子女不少,却大多跟他不熟悉,甚至有的都不认识,伯格曼自己说:"作为一个人,我是彻底失败的。"

我无法不把电影里的人物跟以上真实联系起来。我想象着,是他们见面之后,伯格曼起了拍这部电影的心(从时间上说,似乎很合理),这个电影,是献给他们两个人的,更是伯格曼对他们之间的关系,对自己与女人的关系,与子女的关系,以及对自己的一生所做的反省。

这反省,是大胆的,无情的。

我似乎读到了导演伯格曼的喃喃自语:

> 我写安娜这个角色,象征的就是玛丽安。女人向来在我这里就像偶像和天使,一直是我的创作源泉。想想玛丽安为什么曾经爱我,就知道安娜为什么爱恩里克了,说得不好听,这就是女人的盲目。这种盲目不一定是一件坏事。有时候它就是一种生命本能,一种情感的本能。其实女人身上的所谓烟火气,就是情感的力量,这样一种最"人间"的力量使她们焕发出巨大的承受力和担当力,使她们忍耐、宽容、坚定。见到玛丽

安,我(就是约翰啊)真的很高兴,她是亲切的。但是我忘记了曾经给过她的伤害。我连她的年龄都忘记了——约翰都不会意识到,那拥抱会"触动"玛丽安。但她不会泄露自己,她一贯都迁就别人,你看她,就是有"满心满眼的感慨",她还是随着我的轻松,轻轻回抱了我。但是我知道,这一刻对她意味着什么。所以我要求演员"几乎泪下",但是克制着——那才是玛丽安。说到安娜对恩里克的爱,玛丽安不会觉得讽刺,她肯定会想起自己,想起自己与约翰,但是她不想也不会对约翰说。因此我要让玛丽安轻轻地、清晰地说出那句话"——有,但我不想说"。这句话后面有玛丽安的力量,一种极度的隐忍以至于终于坦然的力量。

那天夜里约翰的恐惧与无助,拍出来是有些残忍,但我想那一定真实发生过。也许,总是老女人比老男人更坚强?我在玛丽安身上明显地看到这一点。其实约翰知道无法依赖她,也知道不用担心她的孤单和寂寞,你看她坐在堆着一大摞老照片的桌前的姿势多么温柔、宽厚,多么坦荡、隽永。她还说,她终于鼓足勇气去看了自己患精神疾病的女儿了,她似乎越老越勇敢了……

我相信,以上不仅是我一个女人的臆想。伯格曼真的说过的话是:"乌尔曼一直是我最喜欢的演员。她身体的每一个部位都充满情感,洋溢着凄楚又平常的人世感。"某种意义上,乌尔曼就是玛丽安。伯格曼不仅是细腻的,在这里不是细腻的问题,只有一个真正爱女人的男人，才能看见玛丽安被抑制的眼泪，感受到沉默背后的宽容，才敢于泄露男人的"无情"和软弱，也才能真正在女人那里得到慰藉。如果说约翰身上的种种印证了我对男人的某些印象，只想远离他们，那么，伯格曼却使我重又尊敬男人。

伯格曼在八十二岁那年与丽芙·乌尔曼见面之后说：沿着斯德哥尔摩的大道，我八十岁的身体变得前所未有地充满渴望。我深信，那渴望是更高意义上的爱，是创造之欲。如今我们看到的这部电影，就是明证。

现在，我把这部电影看成一个老人的故事，每一个老人都是幸存者，每一个老人都可能遇见"重逢"，每一个老人都会回顾生命，重要的在于，要如何诚实，要有怎样多也不过分的爱意，以及无边的宽容与无情的自省，我们才能像老伯格曼一样，像玛丽安一样——老了，还能创造，还能成长。还能做一个棒棒的老男人和老女人。

2015年初稿

2017.6.30改订

深奥者的朋友

可惜的是,在日常的生活里,我们只是瞥见过那星辰瞬间的光:当我们看见经久不息的沉默;看见一个从来道德高尚的人做出的"看来"极其自私的行为——并且不加任何解释;看到抱紧自己的痛苦,决不发一言的人(却显然不是因为怕给别人添累赘);看到以平凡的姿态做出义举的人……我们会据此想象,我们遇见了一颗"耀眼的星辰"!

以下凡从别处摘引到此文中的,可能都是断章取义。

年轻的时候读《牛虻》,有太深刻的印象。那张插图——牛虻的头蜷缩在琼玛的臂弯里——总是挥之不去,我相信每一个读者都能感觉到他们两个人颤抖的心跳。几乎每一个读者都在期盼他们俩的重逢,期盼琼玛的亚瑟归来。然而伏尼契却安排玛梯尼"突然回来了"——一场可能的相认又一次被葬送。无论怎样,一桩捅破了的痛苦要比未知和猜测的痛苦好忍受得多。我简直要诅咒作者伏尼契了,什么时候才能发善心,让琼玛找回亚瑟,让牛虻宽宥——自己。虽然伏尼契最终还是发了善心,让牛虻给琼玛留下了一封信——否则读者都要崩溃了——然而牛虻已死,他再也不可能变成琼玛的亚瑟了。亚瑟从那个出逃的漆黑的夜晚开始,就死了,一直都没有复活。

琼玛的痛,一直在我的心里,始终不能释然。我不能理解,牛虻为什么竟这样对待琼玛、对待蒙太里尼。不能否认,我也曾迷恋牛虻这种极端的品格,把它读成隐忍,读成坚强,读成男人的象征。后来,我也曾以为还看到了牛虻身上某种"邪恶"的诱惑,那种向着极端的盲目,甚至是一种为了痛苦的痛苦,一种为了自虐的姿态,以至于是一种极端的自私。我想也许,是这种对极端的迷恋才使得牛虻竟可以如此折磨琼玛的战栗、蔑视蒙太里尼的痛悔、轻践绮达的爱?——或者说,是伏尼契太迷恋这种极端的品格了,才使她塑造了一个如此的牛虻?

那些故事背后的革命和宗教,都因我的狭隘被忽略了。

后来有一天,我读到了一本《牛虻在流亡中》(又译《中断的友情》),讲述牛虻制造假死之后流亡他乡的经历。可以看作对《牛虻》的补缺,也似乎对牛虻带着漂泊的伤痕回返家乡后的行为有了一个解释。

流亡的十几年里,牛虻历经千辛万苦,历经羞辱卑贱,历经生理承受的极限。最后的一段经历是在一个南美洲的探险队里,这个探险队里的地理学家列尼第一次见到列瓦雷士(我们的亚瑟在流亡中使用的名字)时,看到的是一个"肮脏的怪物","满是伤痕的光脚""伤残的左手,裸露着的瘦得皮包骨头的肩膀,在乱蓬蓬的黑色卷发下面,瞪着一双红红的饿狼似的发光的眼睛",晒黑的皮肤使他几乎认不出这本是一个白人,列尼无法想象一个欧洲人怎么能落到如此地步。而列瓦雷士纯正的法语发音、偶尔泄露的典雅词句、不同寻常的神情,都引起列尼的特别注意。列瓦雷士对所有人的轻视和凌辱都不在意,而且总是不放过任何一个为别人干活的机会,他能够忽视别人的弱点,以无比的精力做着超过探险队里所有人的工作量,还有他的聪明,在遇到危机时化险为夷的勇敢,特别是他忍受剧烈头疼的极端能力,种种这些,都给列尼深深的震撼,以至于列瓦雷士成了列尼最担心最忧虑的人、最惦念的人,甚至超过了列尼最爱的残疾的妹妹。尽管列尼设想过,"在这种少有的忍耐精神背后,隐藏着的并非是性格刚毅,也不是高傲和害怕使别人痛苦，而是极端的懦怯心理和使心灵麻木的对人不信任态度"，然而列尼依然不能克制自己对列瓦雷士的友谊。列尼在列瓦雷士身上，仿佛看到了某种光辉的东西。

可是，列尼并没有得到友谊的"回报"——列瓦雷士除了在疼痛得神志不清的时候说的胡话里透露出了一点自己的身世，从来没有跟别人，也不跟列尼说他的过去，列瓦雷士不希望别人向他询问任何问题，他说，"不管怎么样，那只是我个人的生活经历，这副生活的重担应该由我一个人承担"。

如同我们在《牛虻》里读到的一样，牛虻的"过分孤独"也是罕见的，牛虻、列瓦雷士，他们是另一种与我们完全不同的人吗？

等到列尼老了，列瓦雷士依然在他心头，可那时他似乎已经明了这段经历。《牛虻在流亡中》的结尾处，列尼对即将出征的儿子说：

在战争中，你会结识各种人。倘若你有机会遇到那种使你觉得和你，和其他人都不相同的人……他在我们中间犹如鹤立鸡群，宛如耀眼的星辰，……那就千万不要忘记，认识这种人，是很大的幸福，但是爱上这种人，却是危险的。

……小小的愉快、悲伤、情谊——这一切，对我们一般人来说，是珍贵的，但这一切对那些人来说，却太平常，以至于无足轻重，无法填满他们的生活。当我们真心实意地去同他们交往，心想我们的友谊应该是牢不可破的了；岂不知，到头来，转眼间我们好像立刻成了他们的累赘。

不要以为他们是有意欺骗我们。这样想，只能是小人之见，而那些真正伟大的人总是襟怀坦白的。他们出于怜悯，或出于对我们有幸给予他们的某种帮助，表示感激的心情容让我们，但后来，当我们最后使他们感到彻底厌烦的时候——这迟早要出现的，要知道，他们终究也是人哪——到那时，对我们来说，再从头开始生活，可就太晚了。

这段话，真是发人深省。

第一次读到这段话的时候，我只是震撼，只是隐约感到点什么，却什么也不甚清晰。联想到的，却是大学校园里钦和青的故事里的一个片段：

钦和青相爱着，或者更准确地说，钦爱着青。他和她走在夜晚幽暗的校园里，小路上，简单的、直率的钦滔滔不绝地说着，说她的生活理想，那高高的目标，想象着青，要求着青，甚至批评着青，也鼓励着青，……她说的没有一样不对，没有一样不好，青也这么认为，但青始终没有应答，没有说话，只是一味地沉默着，沉默了整整一个晚上。直到钦说累了，才放青回寝室。

那整整一个晚上的沉默，给钦留下很深的印象，她甚至不解，甚至有怨气。直到几十年后，钦才明白青的沉默里最残酷的：他当然也想要最好的样子，但并不决定与她一起。钦才懂得，这沉默，是男子汉这个时候最大的善意。

这个情景，很可能与列尼的话不相干，至少离得遥远。

如果说存在那样一种"耀眼的星辰"，那么莱雷，倒是可能的一个。他是毛姆《刀锋》里的男主角，据说是以哲学家维特根斯坦为原型的，不过这不重要。

莱雷是这样的，安静、高挑、谦和，有一种动人的潇洒风度，浓栗色的眼珠给他的眼睛以一种特别的光芒。年轻的时候，也喜欢活泼漂亮的女孩子。在一种日常的好心情中，他有了一个叫伊莎贝尔的女友，伊莎贝尔简单、可爱，性格开朗。对于生活，有着和大家一样的期望。战争结束后，飞行员莱雷回到了家乡，回到了伊莎贝尔身边。除了退伍带来的小进项，一家公司里的好职位也在等着莱雷。在一群快乐的朋友和亲戚的赞成中，他们就要结婚了，一切都要就绪。可是忽然，莱雷说他决定不结婚了。他要独自一人出去走走、想想，比如去巴黎；他说他要闲荡，他要到别处去，他不和女人厮守（这并不意味着他不爱一个女人）；他不顾亲戚朋友的不解，也不顾伊莎贝尔的眼泪和痛苦。

粗心的伊莎贝尔不一定想得起来，莱雷对自己在战争中的经历讳莫如深，从不谈起。有些话，也曾让伊莎贝尔听了有些吃惊。比如："死者死去时那样子看上去多么死啊！"莱雷还说过："当你一个人飞上天时，你会有许多怪想法。"对，怪想法，肯定是这个解释让伊莎贝尔释然，她想，他只要去工作了，在一家公司里有好的职位，他们的生活就将会富裕和平静。但不管是否想起这些，为时已晚。莱雷已经去了巴黎，读书和闲逛。还四处流浪、思考，去印度，也去纽约。

一个深夜，莱雷因为糊里糊涂地和农妇埃丽睡了觉而感到心烦，便趁着与他一同流浪的科施蒂的沉睡，悄然离开了农场。永远离开了粗俗的科施蒂——莱雷的流浪伙伴。科施蒂跟莱雷是那么有交情，那么信任和依赖他；科施蒂需要莱雷，要和他一起流浪、干活、打架、喝酒，述说和倾听，就像原先的伊莎贝尔对他的需要。但科施蒂醒来后的迷惑和失望，不进入莱雷的逻辑。其实，关于伊莎贝尔的痛苦，莱雷也是连想都没有想过。莱雷的离去毅然而正常，好像天下雨因此就不出远门了一样。

而想要用婚姻去帮助一个酗酒的妓女的——仅仅因为她是他童年的伙伴，也是莱雷。伊莎贝尔当然不理解，当然要想尽一切办法不让莱雷娶她。和那个酗酒的妓女结婚，在莱雷，说是一种善良，不如说是一种需要（当然不是性）。

毛姆写的莱雷的故事就像他自己说的那样，似乎没有结尾。我们不知道莱雷最终怎样了，不知道是不是会在某一次坐出租车的时候侥幸看见了当司机的莱雷，看见他"深沉的笑容和深深的眼窝"？

是谁给了莱雷忽略世俗逻辑的权利？我们应该没有理由忽略伊莎贝尔的痛苦和科施蒂的失望，他们是无辜的。可我却迷恋那万籁俱寂的黑夜农场上莱雷的脚步——是一个男人的决然和勇敢？莱雷身上有一种巨大的平静，使他可以轻易碰碎强大的正常逻辑。似乎这一切再自然不过，无可指责。他那么纯朴、简单、坚定，又若有所思。对于他做的一切，你似乎只有接受，并且想一想，然后欣赏。也许，这很像列瓦雷士给列尼的感受。他们身上都有那种极端的品质，有一种一望无际的沉默，以及从不解释的决然，还有不可理喻的善良（比如莱雷要娶那个酗酒的妓女），还有腼腆，还有什么？还有，他们从不"观看"自己的姿势，他们都不会让别人把自己当作榜样来学习，只有他们自己知道他们是不可学习的，连他们自己也无法向自己学习。

像伊莎贝尔这样怀有简单正常生活观的女人会爱莱雷，却永远不会理解他。而莱雷，也不会去爱理解他的女人：这样的女人，将和他一起面对上帝，这也许是可怕的。莱雷，或许注定会为了"拯救"一个酗酒的妓女而结婚，然后，注定还要远去。

莱雷曾经是我的一个偶像，我把莱雷的每一次出走，都看作是对"烦"的重视，是对美的损害的不可容忍，抑或是对独处的强烈向往——他印证了我记忆中那种与众不同的优秀男人的方式，我猜想，和这样的男人在一起，你倾听的，就不仅仅是人间的声音。

伊莎贝尔不该爱上莱雷，科施蒂可能成了莱雷的"累赘"……一般来说，我们认为莱雷缺乏道德、无情无义。可我们又倾向于这些事由莱雷做就天经地义，为什么？因为他是一颗"耀眼的星辰"？！

牛虻以他的极端的隐忍，莱雷以他不同寻常的对世俗逻辑的忽略（和冷漠）而不是温和，……赢得了人们（女人）的景仰。因为很可能，极端的品格就是不同凡响的标志。他们可能就是列尼说的那"耀眼的星辰"。

可惜的是，在日常的生活里，我们只是瞥见过那星辰瞬间的光：当我们看见经久不息的沉默；看见一个从来道德高尚的人做出的"看来"极其自私的行为——并且不加任何解释；看到抱紧自己的痛苦，决不发一言的人（却显然不是因为怕给别人添累赘）；看到以平凡的姿态做出义举的人……我们会据此想象，我们遇见了一颗"耀眼的星辰"！

我们因为自己的弱小，必然会迷恋那些极端的品格，更容易被那光照得眩晕。其实那些凡人以为不可思议的行为，除了可以用坚强的意志来解释，有的也可以以小人之心来度，比如"'看来'极其自私的行为"。而列尼告诉我们"真正伟大的人总是胸襟坦白的"，于是我们打消怀疑，坚信我们遇见的是"星辰"。

现在发现，这无疑是理解他们的正确方向，但还不够。

因为后来，我读到了下面一段话：

> 凡深奥者，都喜欢面具；最具深奥者，甚至会憎恨形象与比喻。矛盾不就是上帝的遮羞布？这个问题可真成问题：若没有一个神秘主义者大胆地在自己身上这么尝试过，那才奇怪了呢。有些过程其柔无比，所以不妨饰之以粗，让人难以辨认，爱，慷慨大度，这些行为之后，最可取的做法莫过于抄起棍子，把目击者痛揍一顿。这样一来，目击者的记忆便模糊不清了。有些人懂得要搅浑、虐待自己的记忆，以便至少可以在这位唯一知情者的身上报复一下——羞耻使人聪明。最令人羞耻的不是最糟糕的事情，戴着面具并非只是狡诈——在奸狡中，还有许多善意呢。我能想象一个人，他必须隐藏某种珍贵脆弱

的东西,却似一只有了年头、重重加箍的绿色酒桶,浑圆的身子在生活中粗野地滚动着:是其羞耻的精致性决定了这一切。一个深陷羞耻之中的人,会在人迹罕至的路上遭遇自己的命运及其宽宥,有这样的路存在,连他的至友亲朋也不知情;无论是起初他陷入生命危险,还是他后来重获生命安全,这些都绝不能让他们看见。这样一个隐藏者,出于本能缄口不语,不断地回避说出实情,想要而且帮助自己的某张面具作为替身,代他在友人的心头和脑海里徜徉;假若他不想要这样,那么有朝一日他也会恍然大悟,原来尽管如此,友人的心头和脑海里还是有一张他的面具——这也没有什么不好。每个深沉的心灵都需要一张面具,更有甚者,在每个深沉的心灵周围都会不断长出一张面具来,这可得归功于对其每句话、每步路、每个生命征象所进行的始终错误亦即浅薄的诠释。

(尼采《善恶的彼岸》,第40节。魏育青译)

我发现,这一段话,几乎可以一字不改地形容列瓦雷士(比如,列瓦雷士隐藏着的"某种珍贵脆弱的东西",其中必有对琼玛和对蒙太里尼的爱),形容他的朋友。进而,我们是否可以把牛虻和列瓦雷士和莱雷,甚至青,都称为深奥者?

他们是深奥者,所以他们可能是星辰,他们是星辰,则必然是深奥者。我把深奥者看作曾在(人性)边界行走过的人,是瞥见过真谛者——无论是美好还是丑恶。他们曾走在"人迹罕至的路上",曾经"深陷羞耻",或者看见过"上帝之光"。因此,他们除了对人们对世界可能有一种更高的我们无法设想的期待——这种期待超越了人间的友谊和爱情——还可能对人们对世界有一种怎么想象也不过分的悲观，甚至绝望。这情形，有点像柏拉图说的洞穴，就好像他们曾经走出过洞穴。于是他们有缄默的义务，有缄默的理由，也有缄默的权力——但必须或者必然怀着善意，必然襟怀坦白。

那么显然，最深奥者，当是哲人。

真正的哲人是很少的，认出他们很难说是幸运。只有你的努力可以把它变成幸运，否则是悲惨的，就好比列尼（不过列瓦雷士并不是一个典型意义上的哲人，最多是一个深奥者）。不过列尼后来终于醒悟了——因此我们读到了列尼的忠告。

不是说一个人研究哲学就是哲人。哲人是真正站到了前沿和边界的人。哲人的经验不在我们经验的范畴里。我们遇见的，一般有两种人，一种是深奥者，一种是比自己深奥者。

一个别人，朋友，如果你还看不清他（只要不是恶魔，更别说他已经有诸多深刻的、独特的见地让你受益），那么他就是高高在上的，离你还远，这时你就不要断然下结论——你对不知道的事情当然是不能也无法下结论。那些轻易下结论的人，眼睛是模糊几百倍的，不仅没有看见别人身上闪耀的光，又只凭他们仅能看到的模模糊糊的轮廓而将其混淆于他们日常所见，用已知之物贴上去，以为那就是他们看到的。那就必然轻视了不该轻视的，错过了不该错过的。

我们有过经验的，对在我们之下的东西，我们不仅一目了然，并且知道任何劝说都将无效，除了怜悯。（距离足够大才会产生这样的感情，虽说按薇依的说法，怜悯是属神的——但是既然人间有怜悯这个语词，就说明我们可能经历此种感情，至少是某种程度上。）而所谓深奥者，首先，就是在我们之上的。想象一下这两种不同的情形，就有了敬畏之心，就不敢对可能的在上之物、之人，轻下断语。就有可能认出比你深奥者，认出深奥者。

遇见深奥者，保持审慎是重要的。因为列瓦雷士的极端，使得列尼有了极端的经验。正如我们可能从列尼的经验里汲取的：当你不理解别人（譬如那颗耀眼的星辰）对你或对某一件重要的事情的态度的转折的时候，一定是发生过什么事了！在空间或者在心灵（当然其实最终只能在心灵！），那是你所不了解的，或者你无法了解，或者你没有能力了解，或者对方不愿意你了解。但是你要确信，无论怎样，你要接受，毫无怨言地，满怀善意地，平静而不焦躁地——接受。你要相信，如果上帝终究要你了解这件事，那么，等到时间过去，等到有一天，你就至少会以列尼般的方式了解到；还有，在你还没有认真加以思索之前，不要向深奥者提问题，那是粗鲁的，如果你没有得到回答，那就是所能得到的最大善意；同时也要懂得，在他们面前，你不用害怕露怯，只要真诚就好。他没理由"轻视"你，因为你就在他的下面，因为他不需要骄傲于你，因为真正高贵的人，从不轻视别人，你只是走不进他的内心罢了。要习惯被忽略，因为不是故意的，因为故意的不忽略依然是忽略。直到你的真诚带来的闪光被看见。

当然，也许，你永远也走近不了理解不了那个别人（深奥者或者哲人），如果你一直也达不到某种灵魂的境界——那个别人或许就在那个境界上；还也许——这样的可能性几乎没有——你将如同那个别人，像那个别人似的，理解他自己，并可能做出如他一般的举动。那个时候，你也就是另一颗耀眼的星辰了。这后一种情形几乎不出现。

我们遇见的深奥者，更多的时候不是活着的人，而是书里的人物，就像莱雷，或者是作品的作者，他们的作品很少有真正的读者，他们跟古人说话，正如等他们死后将来的人也会跟他们说一样。这样的作品的作者，就是哲人。这种人，要远远高出深奥者，尼采曾经描述过他们：

> ……我称之为极少数人——作为最完善的等级，拥有极少数人的特权：它代表幸福，代表美，代表地上所有的善。只有那些最具精神性的人，才获准追求美，追求美的东西；只有在他们身上，善才不是软弱。……作为最强者，最具精神的人，在别人只能看到毁灭的地方，在迷宫中，在对自己和他人的艰苦磨难中，在尝试中，找到了自己的幸福；他们的快乐就是自我强制：在他们身上，苦行变成了天性、需要、本能。他们将艰难的工作看作是特权；在他们这里，应对那些压垮他人的重负成了一种休养……知识——一种苦行的形式。他们是最值得

景仰的人，但这并不妨碍他们成为最开朗的人，最具生命价值的人。他们统治，不是因为他们想要统治，而是因为他们存在；他们不能随心所欲地退居其次。

（引自尼采《敌基督者》，第57节。吴增定译）

哲人在边界行走，会看见无限风光，更可能遭遇险境。哲人并不以他们看到无限的风光而骄傲。真正的哲人不会骄傲，他们知道其实他们只遭遇险境，险境才是他们要遭遇的，企图遭遇的。他们也像被追赶的先知，有摆脱不掉的使命。

哲人我们几乎无缘遇见。但了解这一点是必要的。

列尼懊悔于自己对"牛虻"（列瓦雷士）的爱，但他绝不能否认这样的经历带给他的幸福。毛姆说，莱雷的存在，就是为了"让几个像飞蛾飞向烛光那样在他周围彷徨的灵魂，及时地来共享他自己的闪耀着光芒的思想"，因为"极乐只能从精神生活中得到"！（引号中为毛姆语）我看这正是深奥者对于我们的意义。

我以为我一定隐约见过这样的深奥者或哲人。

还是以钦为例，曾经设想过一个可能的小说中的场景：

一次，钦把列尼给儿子的那一段话拿给一个钦"隐约见过的这样的人"，一个疑似深奥者看，他看过之后说：

"如果一个人拿这段话给我看，就意味着这个人与我之间，可能会发生真正的理解，或者爱情。"

钦就沉默了。但在心里说：
"不会。也不要。"

见过青，又读到过牛虻和莱雷的钦，已经慢慢学会从隐约中分辨——真的深奥者会怎样说；而且深知，不可轻易爱上他们。而哲人——那最深奥者——更甚，据说，他们"不会特别关注任何人，除了他的朋友们，即那些现实地或潜在地有智慧的人"（施特劳斯《理性与启示》）；据说，他们从他们的苦行中得到的乐趣是人生中最大的，超过情爱。

"深渊是深奥之人的去处，温柔和颤抖为高贵之人所有。"（尼采语）

凡人有凡人的痛苦，承受的极限很低。爱不爱上都行，重要的是读到过列尼的教诲。于是该会在那耀眼之下，不眩晕，不气馁，享受那如惊鸿一瞥的精神之光。而分辨和认出，既不是幸运也不是不幸；能否学会做他们的朋友，则全看我们的孜求和机运。

2005—2017
2017.7.12改订

关于深奥者的意犹未尽

于我们的视界，飞得最高的是鹰，我们说某人像鹰一样骄傲，是褒义，是象征某人"在持守自己的起于使命的本质地位时充分发挥出来的坚定性"，这里的关键词是使命和坚定，这样的人，使命感使他们"确信自己不再与任何他人混淆起来"，这样的人必然显得高傲，什么是高傲，海德格尔又说，"高傲就是由高度和上等存在来规定的高高在上，但它又与自大或者傲慢有着根本的不同"，于是我们说，高贵的深奥者是高傲的，但不傲慢。

自从领悟了一些关于深奥者，就总是又回到深奥者，围绕着"深奥者"三个字意犹未尽，问题不断。如果深奥者是褒义，那我愿意把所有的好词都给他们。他们是极其优秀者吗？深奥者是秘密之人？是全能者？是先知般的人？还是怀有使命者？谁的旨意？什么使命？其实既然以一个如此直接的描述词来说，深奥者就是字面之义，就是难以理解者。肯定不类似于先知，不是完人，也不可能代表全能者。

我们总是先在书里和屏幕上遇见他们，起先只是光环，在书里和屏幕上，英雄已经太多，我们不是以为他们高尚得平易近人，就是自卑得从不与其为伍。直到像伊莎贝尔那样遭遇"退婚"，或者像列尼那样遭遇"冷落"，才算真正遇见他们。那时候，深奥才与我们有关。关于深奥者，其实只有一个问题，就是如何做他们的朋友。伊莎贝尔想要嫁给莱雷是错误的，但只错在她没有认出作为深奥者的莱雷，与她是根本不同的。列尼的情形才值得一说。伊莎贝尔是简单的，凭着她的简单和肤浅，她必然认不出莱雷，所以她遭遇的是她所不知道的。而列尼，凭着他的智力，他的德性，他认出了列瓦雷士，从震撼到怀着钦佩，怀着惦念以至于爱。然而他遭遇了"冷落"。但列尼毕竟不是伊莎贝尔，他的智慧帮助了他，他对出征前的儿子的教诲就是他的所悟，像他那样既能感激这样的遇见，又能明白其界限与节制的人，真是少而又少。

于是不禁想到，是否在某种意义上说，列尼也是伊莎贝尔的深奥者呢？那么，可能不存在绝对的深奥者，只有更深奥者。只是级别越高，间隔的距离就越长。只要想想我们自己是否也曾经完全不被别人理解，以至于在不经意间"冷落"了朋友和同学；只要想想我们竟如此清晰地看见了伊莎贝尔的"无知"，只要想想在读《牛虻在流亡中》的时候我们为什么对列尼的教诲久久回味；再比如，有时我们对孩子们提出的诸如人生意义之类的大问题所给予的"解答"，其实是"虚假"的——但又必须这么说；而有时，当某个人对一个极其复杂的问题说出了某种断然的"正确"结论或者貌似的"洞见"，我们不会贬低也不会不屑，只会小心地忽略（忽略是必然，但必须小心翼翼！）。因为我们深知，对一个复杂问题的讨论是艰难的以至于不可能。

那么，难道我们自己有时也是一个疑似深奥者？不是的，这一点必须清醒。深奥有其决定性的门槛。但据此我们却可能开启对"深奥者"的理解之路。事实上，也正是这样开启的。

深奥者之存在，是因为我们希冀遇见，或者见过疑似者；抑或在遇见数年之后才蓦然发现；而在书中被塑造的人物里，又或者在已逝的哲人里，断然是有的，其中最遥远者是苏格拉底，最亲近者是莱雷……深奥是属人的品性，故深奥者必在人间。深奥是指接近某种最终的东西，但深奥者不是抵达者，然而无疑是接近者。深奥者一直在抵达之途上，抵达的欲望先是超过一些人和一些事，之后想要超过一切人和一切事。但一直尚未抵达，始终不能抵达。因目标始终在人的界限之外，故其张力永远紧张饱满，那张力的大小，就是衡量接近者的尺度，即深奥之深度。

那些深奥者，是深刻奥秘之人，怀有某种我们所不知道的；是探险者，总在边界行走，寻找秘密，大胆又智慧；是孤独者，独自走向陌生之地；是专注者，目不转睛者；是坚持者，一以贯之者；是可能享受极致之乐者——遇见深奥；还几乎总是注定被误解之人——但他们不以为意；还是高贵者，但几乎没有人认得出；是荣耀者，那荣耀并不一定在人间闪耀；是沉默者，那沉默无法解读；是戴面具者，总是难以辨认。好吧，再怎么描述，也不会有尼采说得精彩，尤其说到面具，比如下面这一段。这段话我曾经读过好几种译文，今天是如下这一种：

> 凡是深奥的东西都爱面具，最深奥的东西甚至对画面和比喻都怀有一种憎恨。难道对立不才是真正的伪装，以掩盖一个神的羞耻心吗？一个令人生疑的问题：如果从来没有一个神秘学者敢在自己身上这么做的话，那可就太奇怪了。确实有温柔的过程，以至于人们非常乐意通过粗暴来把这些过程淹没，好让他人认不出来；也有爱和一种毫无节制的宽容行为，在这些行为背后，最好的建议是拿起一根棍子，痛打目击者，这样就可以模糊这个人的记忆。有些人善于模糊和滥用自己的记忆，为的是至少能在自己这唯一的知情者身上进行报复——羞耻心擅于发明。使人们最感羞耻的不是最糟糕的事情。在一个面具后面不仅仅是奸诈，在计谋中还含有许多善意。我可以设想，

一个想隐藏一些贵重东西和脆弱的东西的人，生活中会变得很粗暴，会像一个包上铁皮、旧的、绿颜色的葡萄酒桶一样，在生活中滚来滚去，是他的羞耻心让他这么做。一个有深度羞耻心的人，在只有很少的人能到达的道路上，会遇到他的命运和温柔的决定，而他最亲近和最信赖的人也不能知道这些东西的存在。他们的眼睛看不到他的生命危险，他们也看不到他重新获得的生命安全。这样一个隐藏自己的人，这个人出于本能，需要沉默和隐瞒。他要不停地逃避说出真相，但他会并努力地让他的面具漫游在他朋友们的内心和头脑。假设，他不愿意这么做，有一天他会发现，尽管如此，在朋友的内心和头脑中仍然有他的面具，这样也很好。每个深奥的精神需要一个面具，更有甚者，围绕每种深奥的精神会不断地有一个面具生长，这得归功于对每个字、每一步和每一个生命符号的错误解释，也就是做出平庸的解释。

（李健鸣译）

尼采说的每一个情景都仿佛可见，又都通向更加深奥。

那么什么最深奥，当然是神。

神的羞耻心，这很难解释，出于怜悯吗？一个有深度羞耻心的人，就是一个深奥者吗？

他的深奥不会让他炫耀，反而让他隐瞒。他要的荣耀——如果他还需要荣耀——只在上帝那里。是不是庸俗化一下就是，比如，作为仿佛可能把控一切的爸爸和妈妈——像上帝似的在孩子面前，但从不会想到炫耀。如果一个人认真地在孩子面前炫耀，我们不是认为他幼稚，就是认为他不正常。

为什么要隐瞒、淹没温柔的过程？其实人人都有关于面具的经验，我们有时真是很羞于表达我们的感情（不是男女之爱），是觉得上帝看见了会发笑吗？尤其对于我们极其尊重之人，我们的爱表达得犹犹豫豫、羞羞答答……是我们觉得没有资格表达吗？表达是一种僭越？

当面表达一种钦佩和爱很不好意思吗？还是真的。你叫被爱者如何表示——正如有时你自己曾经面临的，真不如在背后表达，可以尽兴。（这里的爱依旧不是男女之性爱。）

有时宽容起来也照样不好意思，就像是展示给别人看你所看到的（别人的缺陷），就像是公开别人的弱点——原谅别人，还让人家知道，太不好意思了。

最令人感到羞耻的可能不是恶而是善，因为比起最高的善，我们的模仿总是显得假装，显得幼稚，差距太大，感觉到这种差距的人就会有羞耻感。这种羞耻感也被认为是高贵的？敏锐的？

其实如果为曾经的恶而感到羞耻，就已经是一种善了。所以羞耻是一种意识到自我的很基本的感情？一个人越接近神（秘），就越有羞耻感？而这种感情既是因为羞于表达，也是因为无法表达，或者表达了也不可能得到理解。

关于隐藏，也有很机械庸俗的解释，不妨说说，可以辅佐理解。比如一个贫困乡村少年，暗暗心怀斩获电影金熊奖的梦想。在他自己来说，或许得到过使命般的确认，但却需要隐藏，隐藏简直就是他的使命的一部分。这就是"他的命运和温柔的决定"?"他最亲近和最信赖的人也不能知道这些东西的存在"?是的。

——但这只是我们肤浅者的理解,事实上我们是无法理解的,否则我们便要进入深奥者的行列了。有一种理解是,他们深奥者隐藏的是最危险的东西,他们为了他们自己也为了我们而隐藏,这样既使得我们依旧平静,也使得他们取得安全。他们不要理解,他们希望自己待着,他们轻视我们。痛苦和忍耐仿佛是他们的家园,我们的爱的触摸只会让他们想要再戴上一层面具。

那么,果真是,深奥是深奥者的深渊,肤浅是肤浅者的温床。

而关于面具,有两个面向,一个是自己的意愿,自己想要的效果和想要的隐藏;另一个是别人的肆意,所谓错误的解释或者平庸的解释。但无论怎样都是面具,就像语言,想说什么以及被理解成什么,必须说以及一说就错。每一个深奥者的面具,每一种深奥的面具都会生长,生长到哪里,怎样生长,也依赖于解读者,依赖于识破面具的人。就像伊莎贝尔和列尼,莱雷显得可以与伊莎贝尔有姻缘,却并没有戴面具,列瓦雷士戴了面具却被列尼认出。肤浅者有自己的心愿,识破者是为了理解另一种存在。

冷漠也许是他们的面具,也许还是他们的日常。深奥者在一个又一个起先危险然后又安全——因为坦然而安全——的道路上独自走过。我们外人,只能隐约看到他的不同,却又无法看清,无法理解。这既是因为他们不说,也是因为我们不具备那样的视野和敏锐。作为探险者的深奥者,几乎无法为看到的险峻自豪,因为每时每刻的危险需要的不是自豪而是无比的专注,这种危险不亲临现场便无法表达,更不要说理解,所以总是除了沉默就是隐瞒,除了专注就是对周边的遗忘。关于这一点尼采经验丰富:"这样的人不喜欢受到敌意的干扰,甚至友谊也不行:他们容易遗忘或蔑视其他事物。"我们必须明白的是,他们遗忘不是因为被遗忘的东西不太重要,而是因为他们更关注"陌生的、彼岸的",他们的蔑视不含道德意义,只因为他们几乎看不见,因为"较大的力量消耗和利用了较小的力量",而他们"所有的一切,时间、力量、爱情、兴趣等,都是为此而聚集和积蓄的"。

一个也许实在不太恰当的例子是,比如审美与性欲。审美作为一种较大的力量,性欲作为一种较小的力量,虽然"审美状态所持有的甜蜜和充实,恰恰可能来源于'性欲'……"但审美会使得性欲改变形态,"不再作为性冲动进入意识",而是被审美状态消耗和利用,就像精神高度紧张的时刻,不仅对于杂技演员,对所有的这种紧张时刻,性都是有害的,因而性必须也必然被转变,被贡献,显得被"扬弃",为较大的力量而聚集。事实上,应该说此时性欲其实并没有真正被扬弃,而是被提升了。

他们也可能因自由而谦卑。我曾在纪德的书里读到法国作家拉布吕耶尔的一段话:"真正的伟大是自由的、温和的、随便通俗的;它让人触摸,让人摆弄,即便被人从近处看,它也不会有丝毫的损伤;人们越是了解它,就越是赞赏它。它出于好意向下层卑躬屈膝,然后又毫不费力地恢复自然状态;有时候,它放任自流不修边幅，在优势中放松懈怠，但始终能够重新获得优势，并善于加以发挥……"纪德说这段话令他想起了陀思妥耶夫斯基。可以确定的是，陀思妥耶夫斯基无疑是这样的深奥者中显得最谦卑的。那种可以做一切的自由，只有他敢于做到边界，做到了上帝身边。

这样的描述也符合我们对深奥者的另一种想象和期待，他们虽然也可能在优势中放任，但他们收放自如，没有人会比他们做得更自然。如果我们真的像毛姆说的有一天在街上看到了开出租车的莱雷，那么他一定一下子就会认出过去的朋友，认出塑造了他的毛姆，然后温和地微笑着，带着一点点不好意思，似乎对自己的放任怀着微微的歉意，似乎在说，放心上来吧，我车技很好的；似乎在说，毛姆，谢谢你塑造我，我真的来开出租了，我想你不会介意吧。而且这个莱雷，如果毛姆的小说被拍成了电影，那么这个扮演莱雷角色的演员，一定得是大高个子，坐在驾驶室里，别人看起来显得局促，他却感觉极其舒适。大概是习惯和喜欢跟小孩子说故事，他好像因为高个儿很对不起孩子们似的，总是夹紧了肩膀，想要尽量变得小一些。因此那个演员，得略略显得有一点驼背。这个莱雷，就像我们身边的任何一个人，又始终是一个不折不扣的深奥者。

想必作为高贵者的深奥者，是深奥者里最高的，那种人，他们对痛苦的感受超乎"个人之外和之上"，那是一种"面向民族、面向人类、面向全部文化、面向全部苦恼的存在"，他们只有通过"与特别艰难、特别冷僻的认识相结合"才可能获得自身的价值。

这种深奥者具备极高的德性，他们因怀有崇高的使命，因高远的目力看到常人看不到的远景，他们的行为不被我们只看见当下的人所理解，或者还要忍受我们的误解以至于污蔑。但他们默默忍受，不发一言。眼里只盯着自己的使命，因为他们想要的心是未来的、深厚的——那种高尚的、艰难的深奥，更是除了隐藏别无他法。

作为高贵者的深奥者，"在他们身上，集中、隐藏着最高、最罕见的美德，就像在一个深不可测的大海，它可以从各个方向接受风暴，吞噬风暴。……尤其是，他不得不真正在每一瞬间都为他自己的人性赎罪，悲剧性地受一种不可能的美德的煎熬——这一切将他置于一个孤独的高度，作为人类最值得尊敬的榜样……"一个"不幸"的高贵者，该承受怎样的孤独和勇敢，不是为理解，却是为了误解——因为他们不想要不能承受之人去承受他们不该承受的；不是为了善，竟是为了"恶"——因为他们知道有时冷酷才能拯救人类。虽然他们要为我们牺牲但他们并不想得到我们的感激，他们为了他们自己而去为我们牺牲，他们践行的可能就是真正的高贵。

而我们这些怎么也算不上高贵的人，却不幸地想要认出高贵，却不幸地知道了高贵这个词，并且认为是一个好词，值得称颂的词，并且敬仰被赋予这个词的人，想要爱他们——为什么我们忍不住想去爱他们，难道不是么——其实我们完全不了解他们，我们很可能只是被高贵这个词弄得神魂不定。我们在周围偷偷地辨认，即使高贵者总在喜剧中，在面具之下，在人群之外。我们在某些高尚的人身上发现了不可理喻之处，在某种普遍被认为的恶中窥见了隐藏着的善，猜到厚厚的冰层下面是温甜的水，又有时在某种极其坦率的话语里听到了某种陌生、奇异、显得秘密的东西，感觉到一种危险的诱惑……种种迹象向我们透露，高贵者暴露了他们自己。

这时候，一定要小心再小心，要谦卑再谦卑，只做一个默默的探秘者，一个暗恋者，绝不去打搅他们。要再一次记起尼采的告诫，他们希望自己待着。

高贵者，是高高在上的。

于我们的视界，飞得最高的是鹰，我们说某人像鹰一样骄傲，是褒义，是象征某人"在持守自己的起于使命的本质地位时充分发挥出来的坚定性"，这里的关键词是使命和坚定，这样的人，使命感使他们"确信自己不再与任何他人混淆起来"，这样的人必然显得高傲，什么是高傲，海德格尔又说，"高傲就是由高度和上等存在来规定的高高在上，但它又与自大或者傲慢有着根本的不同"，于是我们说，高贵的深奥者是高傲的，但不傲慢。

那么，一个深奥者，会以深奥者自居吗？真的深奥者因为看得见更加深奥而必定知道自己的不深奥，从而不会以深奥者自居。反过来，如果如此自居，便可以确认不是深奥者。因为深奥者从来顾不上去想自己深奥与否，他只为那深奥之事操心，有时那种操心竟可能达到艰苦卓绝的程度，他没有时间和精力去想关于自己是否为深奥者的问题，一旦去想，其实就把深奥当成了某种荣誉。事实上,他知道,他将是"献身为被认识到的真理的第一个牺牲品",以至于他"将由于自己的勇敢而毁掉了自己的尘世幸福",他"对于他从其母腹中产生的机构来说必定是敌对的",他常常会"被误解,长期被视为他所憎恶的势力的盟友","还会由于他的洞察力所使用的人性尺度而必然变得不公正",以至于一生都被否定,以至于坐牢,以至于像苏格拉底一样被处死。如果荣耀,那样的荣耀代价之大之惨烈,是不能被想象的。那样的荣誉是一般人要不起的。深奥者们啊,那些人给予你们的荣耀对你们来说,怎么都显得虚假,他们究竟知道你们在做什么吗?!如果荣耀,那荣耀或许越过此生,又高远在天外。

其实,只有非深奥者去想是否深奥者的问题,之所以想,是因为他可能遇见了极其仰慕、钦佩、震撼,却又无法真正理解之事、之人,又比如读到了老列尼的教诲而不得其要义。所谓深奥者,不过是一种命名。世间有很多不同寻常者,天才、圣人、哲人,还有疯子、嗑药者、巫婆、神汉,都有其深奥之处,而且一般来说都与我们普通人无关。潜在的深奥者或许也比比皆是,极端严于律己者,极端节制者,极端勤奋者,勇敢者,极端专注者,深刻者……都可能是深奥者。但极端极端者不是。

在某种意义上,所谓深奥者,又只有"我"的深奥者和比"我"更深奥者这一种角度。"我"因与其惊鸿一瞥的交集留下深深印象,以至于念念不忘,以至于只能以"深奥者"命名。或者,深奥者也是被想象的,如果你以为全面地认出了一个深奥者,那肯定是假的。深奥者之所以是深奥者，就因为你始终看不清楚他。

女人常常会把她喜欢的第一个男人误认为是深奥者，这并没有什么不好。当你情不自禁地想象他，想象他持久的热情，想象他无边的沉默，想象他极端的孤独，想象他骄傲的高度（审慎的骄傲），以至于无限的肉体的强大，无限的忍受寒冷与酷热的能力，想象他坦荡的怜悯，想象他的忧患和惩罚，以至于完全的沦落、失去声誉，以至于可怕的折磨和羞辱，进而再想象他属人的肉身和理智必将遭遇的，以及他的应对之顽强和温柔……

如果想象属实，那就是遇到圣徒了，那样的几率根本不存在。但是我们竟那样想象，竟像想象圣徒一样地想象他，那就只能称他为深奥者了，一个比我们的眼光更深的人，一个站在比我们所在的山更高的山上的人，一个更加无助却更加坚定的人，一个诚恳又冷漠的人，一个坦荡又无情的人。我们将暂且以一个深奥者的名义来假设他、赦免他、美化他。那样的经验是我们对深奥的初识。最后，理解或者放弃理解，都是有益的。

但是爱一个真正的深奥者，可能是我们担当不起的。关于爱，尼采有过这样的提醒："不要依附于他人，即使这个人是你最爱之人——每个人都是一所监狱，也是隐匿之处。"即使在一般意义上，这种提醒也不为过。而深奥者之隐匿之深广之眩晕，就更是如此。而更"深奥"的是，爱上深奥者，或者作为深奥者的伴侣，必然是对"深奥者"一词有理解的人，而这种人，正是因为了解了"深奥者"的本质，才有理由和有力量决定：不能爱上他们。这就构成了真正的矛盾。好吧，与深奥的爱在一起，深奥真可谓深奥至极。

如果遇见深奥者，或者以为遇见，特别是如果我们偶然看到他们受苦，就像列尼看到了列瓦雷士的剧烈抽搐，无疑此时我们要做一个正直的人该做的，但我们无论做什么，都不要去同情，"不要依附于同情心"——"这特别针对更高级的人，只有偶然的情况才会让我们看到他们受到的特殊折磨和他们的无助"——或者即使同情，也绝不要依附同情，更不要让同情转变成爱！切记按照老列尼说的去做，绝不要等到一切都太晚了，那时候即使读老列尼的教诲再心有戚戚，也丝毫无补。

因为我们的同情微不足道，因为我们的同情总是要求回报，在深奥者那里，我们将看不到回报，他们的目光常常投向远方而忽略脚下，即使那块石头是你为他搬开的。

我们的同情很小吗？在更大视界里可以被忽略吗？他们的宽容哪里去了，他们难道对我们的要求回报不给予宽容吗？事实是，他们真的很忙，忙到我们难以想象。

我们的同情，我们可能给予他们的帮助，甚至于与他们的友谊——这些都起于同情——早晚都会成为他们的累赘，我们是终究不能满足他们的。这一点需要早早清楚。不是他们不道德，而是他们有他们的使命。

于是就有了深奥者究竟能为我们做什么这样的问题。那么可能该是薇依说的："人能为别人做的事，不是在他身上加点什么，而是促使他转向来自别处、来自高处的光。"这或许就是深奥者可能做的,那光不属于深奥者,却是他们找到的方向和道路,而我们,就是企图也能转向那光。

作为一个自觉的非深奥者,特别是一个瞥见、承认有深奥者的人,应该一开始就不希求表面的回报,而是只寻找那光,老列尼早就说到了关键:他们是耀眼的星辰。那光,才是最最当紧的。

如何鉴别和认出所谓深奥者,其实极其困难,关于深奥者及其行为和存在,其"真实性能用哪一把标尺,哪一杆金秤来衡量呢?难道不是更应该对所有侈言自己有此感受的人表示怀疑吗?"深奥者常常不可理解,但不可理解之人却并不就是深奥者。说起来可真是:辨别深奥极其深奥。

如果说一个人只认识讲理的人或者有教养的人并不算认识人,只能说对人一知半解,那么对应深奥者,这句话反过来说就是:一个人只认识庸常的人和肤浅的人,也照样是不算认识人,也是对人一知半解。我们曾经遇见并说:一个人坏起来坏得无法想象。那么相反的情形也一定有:一个人好起来好得无法想象。我们常人,确实对极端之人很难想象,但我们既然承认有极坏的人,为什么很少去想象极好的人呢?以及极深的人呢?

所以我想关于深奥者的指向是,把他们想象为人类最高的样本,因为"人类的目标不在终点,而只在他们最高的样本中"。如果说尼采的教诲里最重要的一个是人的层级、人的区分,那么该问自己的最大问题就是:我们自己是哪一种人?想成为哪一种人?可能成为哪一种人？该以哪一种方式和与自己不同的人相处？在这里就是，作为一个非深奥者，如何去做深奥者的朋友，做比"你"更深奥的人的朋友？

因为在每一个深奥者身上，都"挂着一根劳累和重负的链条"！一个深奥者不可或缺的首要标志就是：超凡般地——不偷懒！而"大多数人都很懒"，不仅在最高的意义上是如此，简直在最低的意义上仍旧如此。

那么我们的起点很低也很简单，就是相信有两条路，和两种不同的人生：懒惰的和不懒惰的。因为真的，美好的生活实际上就是辛劳的生活。

希腊人说，庸俗即缺乏对美好事物的经历。就是说一个没有过美好生活经验的人，是无法理解和想象什么是美好生活的；列奥·施特劳斯说过类似的话，"……只有我自己的献身、我自己的'深度'才可能向我揭示其他人的献身与深度"，我想这正是给我们这些非深奥者的教诲中最最重要的。[1]

2019.3—2019.8

---

1. 文中凡引文未注明处均引自尼采。

刘佳景 绘

○

聪明的尼采却告诉我们,

要爱命运——

就是说,爱上帝扔下来的每一个骰子——或茄子。

我们之中有谁能把上帝的茄子变成自己的骰子,

创造每一个骰子——

"认出"每一个骰子的旨意?

凝望，是深入别人，更是献出自己。

你的眼神，就是你的思绪，就是你的品味，

你的丰富或者贫乏，你的坚毅或者懒惰。

"艺术家在场"现场小观众的模仿行为

塞尚《被绞死的人的家》

如果不这样命名呢?

人们能够在画面上看到夕阳,看到安定,看到淳朴,

看到生命和生活的兴旺吗?

奇怪的是,一旦命名,你就被命名遮蔽了,

简直无法再用静谧、午后这样的字眼来描述这幅画。

命名一旦给予,就进入画面,成为画的一部分。

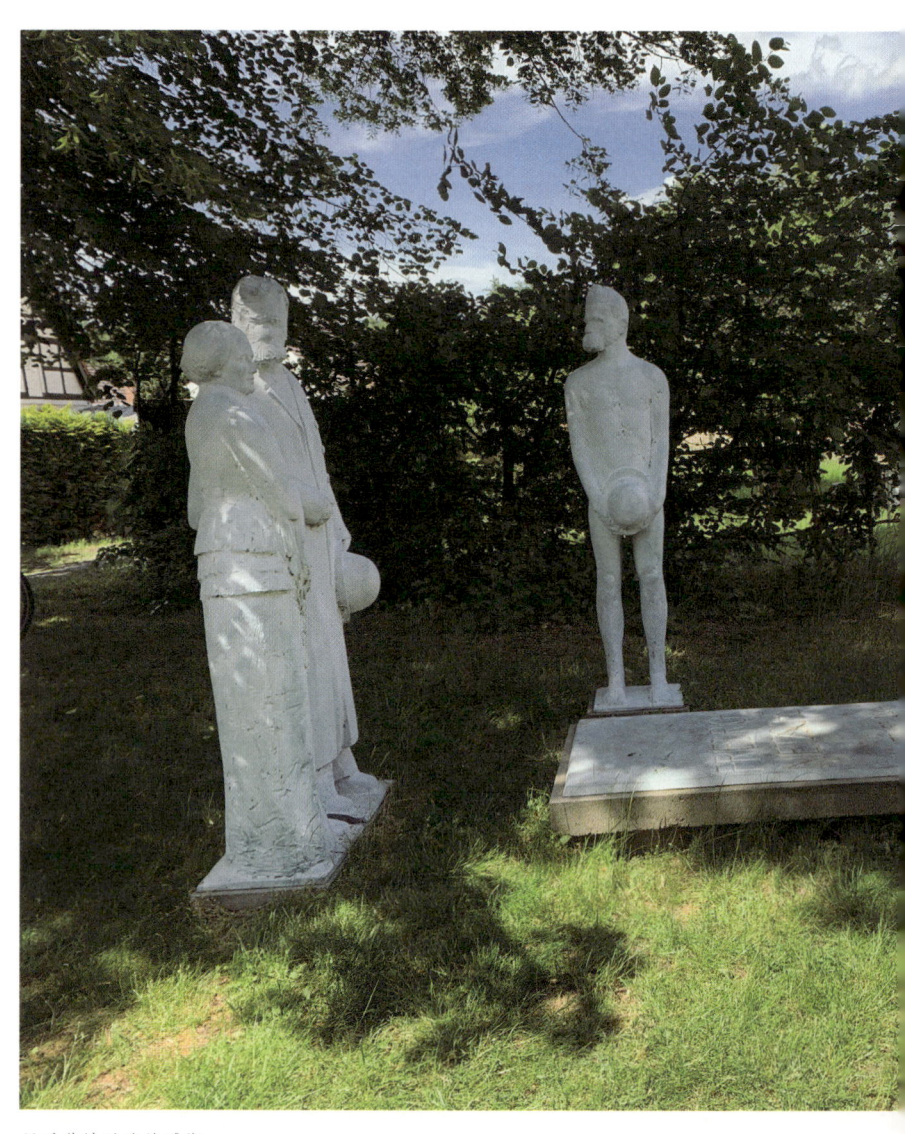

尼采墓地后院的雕塑

○

凡是深奥的东西都爱面具,

最深奥的东西甚至对画面和比喻都怀有一种憎恨。

难道对立不才是真正的伪装,

以掩盖一个神的羞耻心吗?

爱一个真正的深奥者,可能是我们担当不起的。

关于爱,尼采有过这样的提醒:

"不要依附于他人,即使这个人是你最爱之人

——每个人都是一所监狱,也是隐匿之处。"

即使在一般意义上,这种提醒也不为过。

梵高和提奥的墓

时间已经过去了一百多年,

看到紧挨着的墓,

和紧挨着的死去的日子,

不禁在心里轻轻呼唤:提奥,亲爱的提奥!

他们几乎死在同一时刻!

时间只相隔六个月!

推开墓园矮墙边的小门走出去,

就能看到麦田和树:

一望无际的麦地,以及在大树掩映中的咖啡色房子。

我们遥望,企图看到他曾经看到的。

我站在麦地里拍照,

等到麦子熟透的时候,那金黄的时刻,

就会仿佛站在他的画中。

夏多布里昂的墓地

石砌的围栏里，一块方石头，

上面立着一个粗硕的十字架，

没有墓志铭，没有名字和生卒，

没有一个字。

将来，过多少年，如果有了凹凸的痕迹，

也只是浪的作为，风的作为。

墓地紧邻大海，站在岛上看，

那座墓的背景是一望无际的蓝色，

真是孤独又壮丽。

橄榄山上的墓群

石头,是那种清寒肃穆的白,

刻雕的白,直接的白,

或者与其说是沉痛的白

不如说是日常的白,不朽的白。

据说那是离天堂最近的地方,

是犹太人最神圣的墓地。

…………

这凛然的群墓,

它们是集合起来的期盼弥赛亚的意志,

已经与每一个石棺的主人无关。

苏格拉底一边揉着解缚了的腿,

一边开始跟朋友们谈起了关于"快乐"的话题,

谈起了诗和智慧……谈起了死……

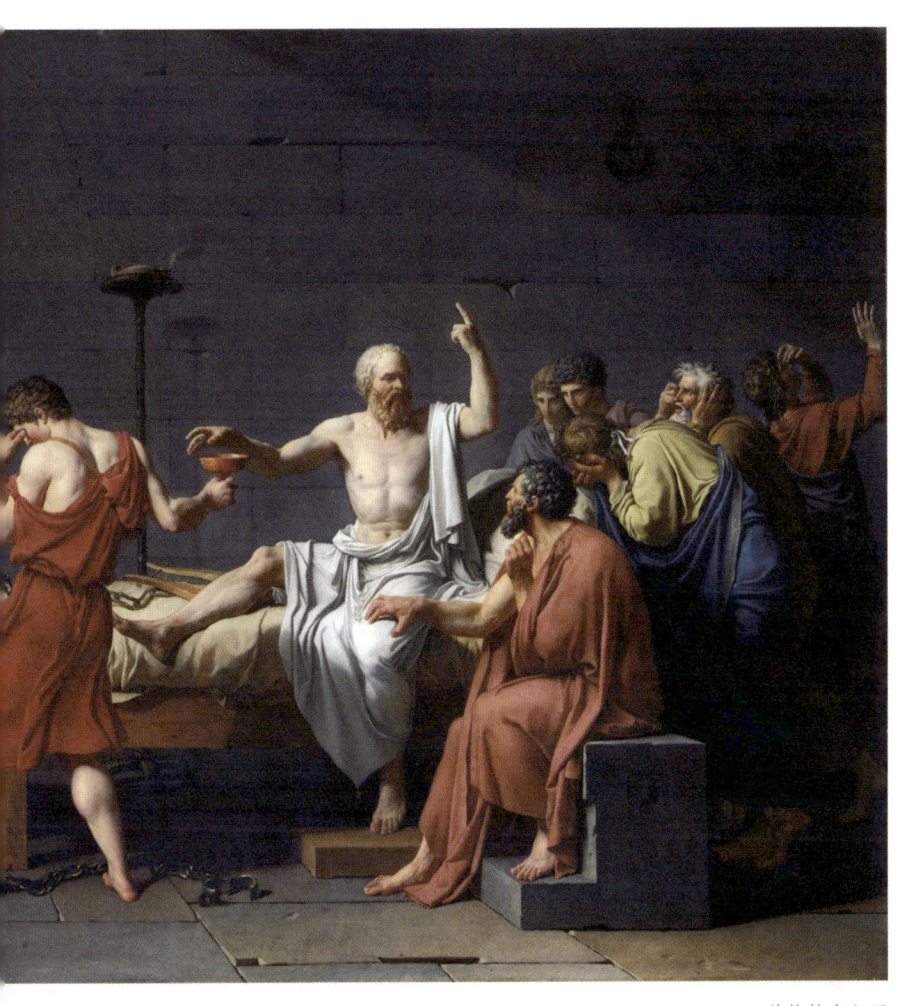

苏格拉底之死

"看见"过死,

你才能领会到苏格拉底之死的美,

看见死,才能"看见"灵魂,信靠一种美好人生的说法,

才可能过一种值得过的,有省察的自觉人生。

老柏树们阒然无声

是风在动,偶尔,柔弱的枝桠也跟着风

人睁大眼睛,屏住呼吸盯着他

他还是看你或不看你,随你怎么想

树叶和枝桠有时飘扬得像是他的舞姿

他不倨傲,只守自己的岿然

有时撕裂牺牲得像他的苦难

他也不诉说

地坛的树

无论你离他多远还是多近他都一样坦然

坦然得，就像我无论怎样去想你

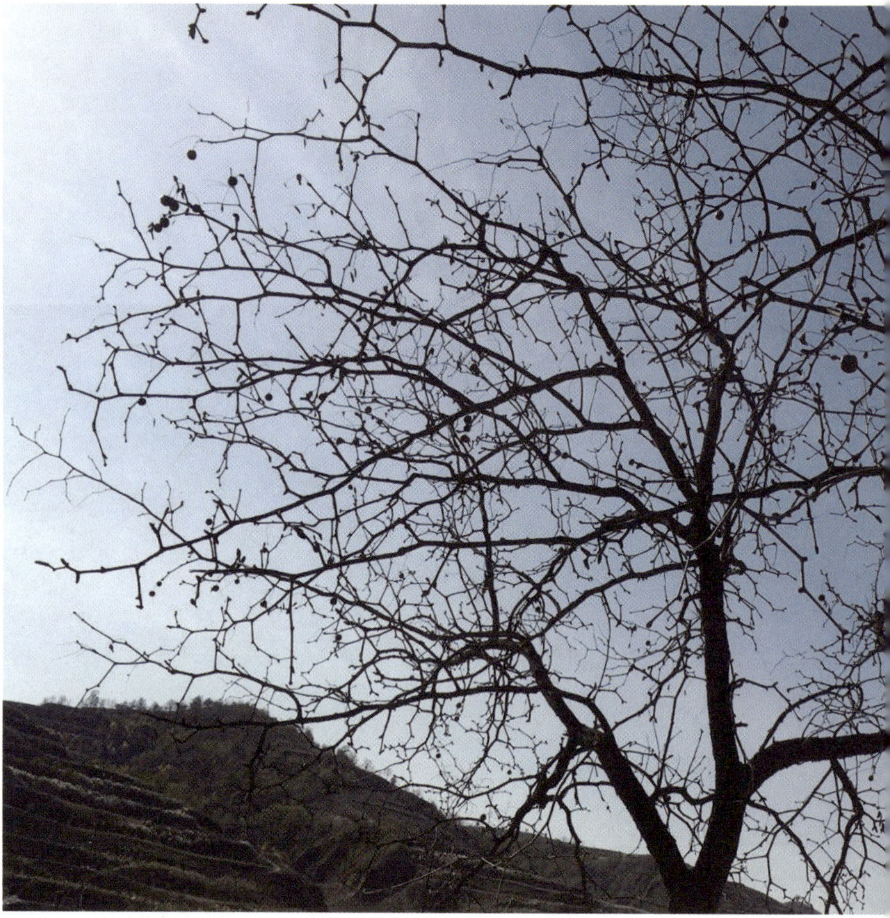

窑前有一块空场,

现在满是丛生的绿野草和红荆棘,

窑的周围和脑畔(窑顶)上都有枣树,

枣树虽已落尽了叶子,却还有几颗红枣挂在上面,

地上有不少落枣的残骸,

枣树的枯枝尖利,

衬在无云的蓝天上, 分外醒目,

发散的枝桠, 朝四处支棱,

也像坚硬舞姿的定格。

刘晓春 摄

走过一轮四季,看雨转晴过,听风鸣雷闪,

看够他的绰约和悲惨,

以至于,竟要一轮又一轮,

直到遇见刀痕的遗迹,断枝的卓绝,

以及长成了的挺拔和粗壮。

直到那时,我才会认出他,认识他,爱上他。

一 迎接

走过一轮四季,看雨转晴过,听风鸣雷闪,看够他的绰约和悲惨,以至于,竟要一轮又一轮,直到遇见刀痕的遗迹,断枝的卓绝,以及长成了的挺拔和粗壮。直到那时,我才会认出他,认识他,爱上他。

因为他总是沉默,沉默是他最大的优点;他总是陪伴,陪伴是他最大的温柔;他总是高大,高大就是他给予的最大的慰藉;他没有庇护独自抵挡,所以他总是沧桑;他有时即使严冬也不怯懦,依然墨绿;他在春天总是重新抖擞以新生般的激情。

一

我再也没买过羊肉。

鲜羊肉涮起来真香啊!那是我吃过的最好吃的饭。

你喜欢吃的那些东西在我看来几乎都不好吃。唉,那些熏干或者猪肘,我在超市里无数次看到却再也没买过,既然你不来吃。

好吧,你就吃你的菜饭吧,老蔡是不是又笑话你了?

那一缸小金鱼,让我送人了,我养不活它们。但那些绿植好活着呢!冬天在家里保温,夏天在阳台上享受阳光和雨水,想着你在的时候它们就在了……

别这样想,顺其自然,我都死了,它们也可以死的。

死人是到处游荡的吗?我很少梦见你。却在巴黎接连三天梦到你。李爽这个"巫婆"说是因为那儿气场很干净,完全不影响我对你的挂念。

你挂念,我就来。我也时常去北京的,只是那里楼多树少，你捉不住我。

好吧，那我尽量去你可能在的地方，我相信，有树的地方，树最多最美的地方，就是你喜欢在的地方。

一棵树，我总是从他的叶子，他的树干，枝条的粗细和力度，叶子的形状和颜色，四季的姿势，开花或者凋谢的节奏和时辰，来想象他的意味，他的象征，来认出他，认识他，爱他。走过一轮四季，看雨转晴过，听风鸣雷闪，看够他的绰约和悲惨，以至于，竟要一轮又一轮，直到遇见刀痕的遗迹，断枝的卓绝，以及长成了的挺拔和粗壮。直到那时，我才会认出他，认识他，爱上他。

因为他总是沉默，沉默是他最大的优点；他总是陪伴，陪伴是他最大的温柔；他总是高大，高大就是他给予的最大的慰藉；他没有庇护独自抵挡，所以他总是沧桑；他有时即使严冬也不怯懦，依然墨绿；他在春天总是重新抖擞，以新生般的激情。

如果是一片树林子，如果许多个他站在一起，就有了豪情和气势，他们一旦决定站在一起，就再不动摇，自始至终，他们不看对方，也不张望同伴，只顾自己向下的沉着或向上的激情，又四面开去，整整一方大气象。在阳光下的林子里，一个人会变得多么美好，因为周围全是美，全是力量。

那些干净蓬勃的树，那些高傲孤独的树，那些温柔透迤的树，斑驳苍劲的树，漂亮婀娜的树，甚至那些一半已经死去，另一半正在重生的树，新的生命缓慢地挺进着，鲜嫩和柔弱与高高裸露的黑树干相得益彰。干净的空气和蓝色的天，让树这样细致地丰富着，每一根枝桠都在起舞,每一个独特的姿势都无法被忽略。

那树下的尘土也是有福的。那些树,不都是她的儿女吗,是她把雨水炼成乳汁,养育了他,他的高挑,他的宽厚,他的坚韧,他的英姿,都是她的意愿,她的荣光。

我在世界各地寻找树的姿势,每一种美的样子我都刻了下来,只要那种美震撼了我,只要我舍不得离去,我就知道,他来了,他也相中了这样的美,他是要把所有的树的美都指给我看,他是说,树,是他选择的轮回。

树,这种一向不浮躁的,总是峛然立在原处,永远只跟风交流。那交流真是风情万种,变幻万千。风愈猛,树则愈勇,风妩媚,树婀娜,风的疲惫是树的沧桑,风的自豪是树的挺拔,风的哭泣是树的凋零,风的自由是树的孤寂,风的复返,是树的年轮,风的见识,是树的智慧,风是树的加持,树是风的定力,风的远方,是树的天空。

那树,还要成为牧羊人的歇息处,成为暑热下面亚历山大生命最后一刻的遮阴,成为黑夜里一个绝望而没有信仰的人的灵魂中幽暗的象征,或者,我最希望的,也是树的希望:"……能为一对逃离全世界、横越大海、最后在一座鸟语花香的岛屿上得到安宁的情侣增添幸福的色彩"。那希望,就是树的爱情。

帕慕克的树说:"我不想成为一棵树本身,而想成为它的意义。"我说,成为树,就是成为意义。他也说他要选树的。

没错，我选的就是树。你也选树吧！

一言为定。

一对情侣该有福了。

你什么时候选的？是说要把握住时机么？

二

他是幸运的。他抓住了时机。他有足够的时间选。

你死的时候是幸运的。

我们找到了一个名大夫，一个真正有水平的大夫，她同意不施行手术，不做抢救，并且帮我们找了一间单人病房，让我，让亲人和朋友陪你最后一程。

你那时虽然从大脑出血的状况看已经进入了医学上定义的脑死亡，然而监视器上你的血氧浓度还挺高——你还活着？

我们几个人，七八个人，进进出出，仿佛跟你说几句话，又出去，一会儿又回来。我挨着你，握着你的手。你以前这样教过我，你说你死的时候最好能握到我的手。今天，我想你正实现着你的愿望。一下子，我也会难过一下，仿佛你死了，或者意识到你快要死了，或者，这一回，你是真的要死了。但是我不紧张。甚至其实也不难过。当死来临时，总是一次性的，无法准备，一切都只能跟着走。（跟谁走？）

有做医生的朋友提醒我，他这会儿其实什么也不知道了，是没有意识的，你不用陪着，你可以到外面歇一会儿。

我不信这话。我看过濒死者写的回忆。里面有这样的话：

> 我看到他们在抢救我，很奇怪的感觉。我的位置并不太高，大概就在天花板上面，俯视着他们。我试着跟他们说话，但是没人能听到，也没人愿意听我说。

我看了看天花板，不知道你是不是这会儿也在上面看着我们。

你这会儿的感受是不是跟濒死者说的很相似？你想起了你读过的吗？

我甚至想，如果你回来，如果你这次又能回来，一定津津乐道，有了大谈资，你肯定会反驳那个医生朋友：你又没死过，你怎么知道我没有意识？你终于可以验证那些濒死者的话了，他们说的都是真的对吧？你这个曾经如此"钻研"过死的人，终于有了实践的机会。我相信人做的所有准备都会用得上。

我就这么胡思乱想着，没有悲痛欲绝的感觉，死，对我来说，那时还只是一个概念，书本上的，还有你说过的那些话，都只是言辞。真的死是什么样？

病房外面有人喊我，叫我出去填表签字。对不起，你还没死，我就准备在器官捐献书上签字了。虽然那是你的愿望，你活着的时候无数次说过的愿望。但许多人，说是说，死到临头就变卦了，自己变卦，亲人也变卦。而我比较傻，一直把你的话当真。没有一丝变卦的念头。当时也有人反对我这么做，我当然不理会。

可我一松手，一离去，在隔壁房间还没待一分钟，你的血氧指标就下降了，你就折腾起来。我被叫回到你身边，握住你的手，你就安静下来。这是巧合吗？是说，你不愿意我离开，一分钟也不行，你要我陪你到——死？这不是巧合，我确定，你意识清楚，你知道，你想，你要，你要我在，一直在，直到你死去。以至于我不得不在你身边，在病床前签了那张器官捐献表。

他终究没有回来，那个冬夜，真正的年终，成了最后一个晚上，直到午夜，直到凌晨，直到另一天、另一年、下一个十年，重又开启。

  天堂的门开了，你还握着我的手……
  人死的时候最想握住谁的手？

  你是在那个时候选的吗？
  你说是就是。

三

你死了以后,又有好多人死了,好些很亲近的朋友。是你唤去做伴的吗?好残忍啊!

你以为死人有法术啊?不过他们确实来了,对他们来说,没有什么不好。

他们再也不是我的朋友了,你也不是了,对吗?

死了的人就再也不是你们的朋友了,我也不是。

死了的人就不再有朋友。有一首诗歌的题目就是这样子的(王小妮有诗《死了的人就不再有朋友》),不知道诗里写了什么,但是这句话说得对。

我们谁也不能是一个死人的朋友,我们不能让死人死而复生又来做我们的朋友,因为他们不会与我们交谈。没有反驳与一致,没有同意,就不能说是朋友;没有语言和动作,没有携手,就不能说是朋友。

一样的情形是,如果你——我过去的朋友——如果你变成了与过去我们相识的时候不一样的你,如果你成长了,又如果我懈怠了,那么我们就不知道还会不会是朋友。

死了就简单了,死了就成了已知数,一切都不再变。他们被与固定的符号和语言放在一起,不再能以行动和言辞改变。死人必然不再是我们的朋友,我只能说我是或不是那个曾经活着的你的朋友。活者与死者,只有曾经,没有现在。

我们有时说:他过去是我的朋友。这话的意思是说,不知道现在是不是——因为现在"朋友不在运行",或者说,如果我和他一直都没有再做朋友,那在朋友这件事上,他就像死了一样;现在,我和他,只能在各自的位置上,说:我们过去是朋友。

死了的人是停止生长的人,可以在死者生前的行为、文字里寻找之前不曾发现的东西,但是找不到新的,找不到那没有过的东西。也无法设想他能够再跟我们一起生长,跟我们一起遭遇新的险境或者问题,这个"一起",必须在同一个时空里发生才是发生。

我们把一个死去的人称作我们的朋友,自然是说:我们过去(在他死之前)是朋友;否则就是说,我们和一个死人做了朋友,他像一个活人一样赞同我,反驳我,并最终理解我、同意我,与我一样地发言——不是的,不是的,死人不发言。如果活人随心所欲地拉他来做朋友或推他做敌人,死人会很生气,他们就会说:死了的人就不再有朋友。

死人如果有新的生长、创造,必不是以这个时空的、人间的形式,我们"读"不懂,也"听"不见——我们无法帮他们,正如他们也无法帮我们。

我们称一个人是自己的朋友,一般不会指一个坏人,朋友的意思一般总是重在共同的美德，互为表彰；只有旁人会说：他俩是朋友，那个坏人竟是他的朋友。

不过朋友这个词已经快要废了，我们现在轻易地把一切熟人称作朋友，不再像20世纪80年代那样，会有那么多的朋友"绝交"发生，那个时候人们好看重朋友两个字，会用绝交这样严重的字眼来界定。

现在，所有的熟人是朋友，朋友带来的熟人也是朋友。甚至，所有的卖家和买家因为可能的金钱关系，开始说第一句话的时候就以"亲"相称，一个简略的，过去可能是在唯一的一个人面前才会用的称呼"亲"，现在每一秒钟都在用，而且在陌生人之间用。

朋友这个词，在字典里早该重新定义了。

要是对一个死去的人称呼"亲"，他会不知所措；要是一个死了的人活着的时候的朋友的朋友的朋友的朋友跟人家说：我是他朋友——他会诧异，怀疑自己的记性死了之后变得很坏。

死了的人就不再有朋友。死去的人是那独自的一个，与这个世界的关系就是作品和遗物（儿子、女儿也都是作品，德行、作风也都是遗物）。当我们发现他们的作品或遗物里有让我们共鸣的话或者有我们喜爱的东西时，我们就说，多么想做他的朋友。哦，我就想起了唐望这个老头，我多么想能够和他坐在一起，和他一起抽小烟[1]、看大山，被他捉弄，引他大笑得喘不上气来，听匪夷所思的教诲，做奇怪的事情，然后慢慢悟到其中的深意。

1.某种弱致幻植物。

但是我懂，他也死了，我无法做他的朋友。

我懂，活着的人不能跟一个死人交朋友，因为死人不说话，不理你。活着的人啊，你应该去忙别的，不要再企图跟死了的人做朋友，因为死了的人就不再交朋友了。

好吧，傲慢的死人。伯格说："死人总是傲慢于活人，他们认为他们遥遥领先了。"像先知、像幽灵。那么我问你，幽灵是什么？真的有幽灵？

四

"当然！"他很肯定地说……

这时咖啡壶里的开水发出生动的响声。

"你听！"唐望喊着，眼睛闪亮，"开水也同意我的看法。"

他停顿了一下，然后说："人可以得到周围的事物的同意。"

在那关键性的一刻，咖啡壶发出放肆的叫声。

他看了一下咖啡壶，轻声地说："谢谢。"……

——《前往伊斯特兰的旅程》

幽灵就是

——就是那个咖啡壶里开水的鸣叫声。

——就是我们有时称为直觉的，预感的，舒服的，不舒服的。

——就是心里清晰得不得了，又找不到根据或者证据的。

关于"幽灵"，歌德在他晚年脱稿的自传《诗与真》第四部最后一章里有一段详细的解释："他相信在有生的与无生的，有灵的与无灵的自然里发现一种东西，只在矛盾里显现出来，因此不能被包括在一个概念里，更不能在一个字里。这东西不是神圣的，因为它像是非理性的；也不是人性的，因为它没有理智；也不是魔鬼的，因为它是善意的；也不是天使的，因为它常常又似乎幸灾乐祸；它有如机缘，因为它是不一贯的；它有几分像天命，因为它指示出一种连锁。凡是限制我们的，对于它都是可以突破的；它像是只喜欢不可能，而鄙弃可能……这个本性我称为幽灵的。"

犹如机缘，善意，突破限制，只在矛盾里显现，也不是人性，也不是魔鬼，喜欢不可能……这一系列的，全都符合！符合什么？！

——就是我们不知道的，不了解的，又隐约可猜到的，在我们打坐或读书时惊鸿一瞥的，在我们徒步或者发呆时降临的，一闪而过又确定无疑的。

一般来说是降临，有时也要呼唤。

幽灵，如果有名字，就只有一个名字，就是"你"，要呼唤"你！"。

呼唤它站到你的对面，凝视它，在虚空中凝视它。称呼它，把它当作对面的"你"。比如有的时候，它就是以树的形象显现，抑或它就是一棵树，当称呼它为我的"你"的时候，它就被附了灵，称呼唤醒了它，使它意识到了自己的身份，如果你久久地不愿意离开它，就是它的意图，它不会对你招手示意，更不会弯腰向你，它像平日一样只随着风动，只有一个风的方向。风的方向，就是"你"的方向？

但风不需要理由。就像雨知道何时到来，草木恪守神约，在意志之外，从南到北绿遍荒原。于是，呼唤，就是通向空冥的轰然扩展的森林，希望，就是凋零之后的生长，看满地的落叶就是萌芽，就是"我与你"的痴情和祈祷。[1]

你久久不愿意离开……

你忽略掉了天地间的其他，眼里只有它……

你满心满眼地称呼它为"你"，它就站过来了，就来到你的视野里，来到你的凝视中。但无论你怎样围着它，拿相机各种角度去拍它，你都不能满足，你无法把它拥入怀中，无法把它带走，也无法进入它，你走远一点看它就是遥望它，你走近一点看它它就更高大。但你从来不想去摸它，你使劲地想融入和它一起的空间里，被包围它的所包围，你的渴望只能上升上升却终究不能带你上去，最后你只好躺在地上，只有大地是我与"你"所共有——这只是一个解释，企图缓解你的渴望，但是你一个小小的肉身，又能如何……

但是你要信。你深信它此时的姿势必是独一无二地为你，因为

1.加粗字引自史铁生诗歌《另外的地方》《遗物》。

你真正从心里称呼它——你。

你只能一遍一遍地喊它"你""你"……你只能尽全力凝视它,把它和它的周围都看进眼里,直到因眩晕而融入那景象里,直到看不见它,直到它能在你的眼睛里看到它自己……直到眼睛蒙眬发酸,腿脚麻木,直到夜幕降临,直到星光遍地。

直到它听到了,直到它也认出了。

必有一瞬间,你们俩,就构成了"我与你"。

——"一棵树在高原上发光"[1]。

幽灵此刻在光中。

关于幽灵,没有经验可谈。幽灵飞来飞去,幽灵只向某一个个人飞,向着那个称它为"你"的"我"!有时就在我们上方或者周围,有的人一辈子也不会发现,有的人却能听见它的话语,瞥见它的光,那也叫作触碰玄机。

它从不自己发光或者说话,它很可能就是在开水壶的鸣响里泄露,在斑驳的树荫里闪烁,在树梢,在风中飘,或者以某个惊喜,某种幸运,某种矛盾,某种疼痛,某种无理的冲动,某种找不到动机的愿望……

你很难确定,碰到的时候,你绝不要纠结,如果瞬间信了,就去做,如果犹豫而错过了,就不信,如果感觉到了之后有点高兴,

1.于坚诗句。

那就是对的,如果预期似乎不好,就去做避免的努力(这时可以再带上不信——为了不纠结)。总之全部都要基于这样的观点:一切机缘也是必然。

你呼唤它,它也许现身,你呼应它,它就可能发力,你忽略它,它就是没来。

幽灵这样的东西,无法否定,想到,就是它的存在。因为我们无法想一个不存在的"想",就像爱情,当我们说没有爱情的时候,就是已经在定义爱情了——我们说的是没有什么呢?!

如果我们想到了发明了幽灵这个词,就意味了幽灵的存在。幽灵就在我们想到它的那一刻,显现了。显现了,却不一定被发现。

> 要敏感,也要忽略。
> 撞上了,就会有见面的惊喜。
> 幽灵有幽灵的路线。
> 机缘悬在树梢。

五

一个深秋,我去了陕北延川的关家庄,他从前插队的地方。

去之前，天气预报说有小雨，温度会很低，又说会有四到五级风。所以大家都穿得很多。因为他们计划要在那个旧窑洞前做一点活动。

窑前有一块空场，现在满是丛生的绿野草和红荆棘，窑的周围和脑畔（窑顶）上都有枣树，枣树虽已落尽了叶子，却还有几颗红枣挂在上面，地上有不少落枣的残骸，枣树的枯枝尖利，衬在无云的蓝天上，分外醒目，发散的枝桠，朝四处支棱，也像坚硬舞姿的定格。

实际上，并没有雨，也没有风，而是艳阳高照。在低温里，太阳格外地暖。相机里的视频里有彩虹在枣树的枯枝间闪过。天蓝得通透、高远，想必是昨夜有风飞过，扫尽了雾气和云。

窑洞的位置很好，在半坡上，面前是大路、流水和山。窑洞的崖面冲南，太阳正面照过来。晒在身上的感觉，像是可以摸到，像是可以拥在怀里的暖。

旧窑尽管已经破烂不堪，但究竟还是一孔窑洞的样子。门窗还是门窗，只是窗格子上的糊纸都糟朽了。窗户是半圆形的，边沿围着有竖有横有斜的褐色木格栅，依旧文气、好看，用现在的眼光看，还很有设计感，而那种陈旧的漂亮是做不出来的。那是土窑，只有门拱和崖面用石头砌起，在明亮里，那些土黄色的凹凸和参差如刀如刻，在晴朗明晰的天地间，真的很美。

太阳一直在我们的头顶，温度低却不冷，穿得厚倒也不热，好惬意。我靠在窑洞前一个石头砌的废弃鸡窝旁边，看眼前晃动的红绿衣衫，听到诗朗诵的声音。今天太阳太好了，就像是专门地好，这样才能在这窑前静静待着，不会匆匆一过。朗诵和叙说，意味着这孔窑洞与你有关，密切相关。因为他曾经在这里活过，因为他写过这里的生活，因为他死了。

他们说，那是知青们住过的，有五个人住过。那么他一定是住过，从这窑里出来，进去，也在窑前的小路上走过，也在窑前蹲在地上吃饭，也去对面的河沟担过水？他们说是这样的，肯定没错。

往坡下走到路边，就看到了一个牛棚，他当年喂牛时就是在这儿吗？一头白色的牛犊子正在牛妈妈的怀里吃奶，牛们，该是已经走过了好几代……

在这里，人们说该会有想念，有感慨，或者，感受到他的存在，以至于感觉到他也来了——

幽灵。

但是他不在。

我一点感觉也没有。我无法把这一切跟他连上。理智告诉我的我感觉不到。感觉告诉我他不在，现在、此刻，不在。

心里涌起的，是一遍又一遍对太阳的感激，如果今天没有太阳，甚至下雨，那我们只会匆匆而过，破败的旧窑和泥泞荒草一定留下悲惨凋零的印象，瑟瑟冷风会催着我们离去，枣树的尖刺定会阻挡我本就趔趄的脚步。

这样的好天气，是陕北常常有的吗？我不知道，我宁愿相信这是特别的恩赐，既然天气预报一周以来一直说的都相反。

如果说，太阳温暖，就是他在的征候，那是穿凿附会，是编造。

深秋的好太阳，是降临的福分，是自然的慷慨。不要忘记感激啊，我知道。

也许可以说，风过天晴。如果昨夜有风飞过，就是他来过又走了。不是时间不同步（另一个世界里没有时间！），而是他有他的忽略，因而我们撞不上他。

"血红色的落日里飘着悠长的吆牛声……
和我一起拦牛的老汉变成了一头牛。"[1]
你还记得你的梦吗？
那老汉现在真的变成了牛？

六

还有，人死了最爱去哪儿？
去一向魂牵梦绕的地方啊！

——就是那个叫作南方的地方。南方，是**我生来即见的一幅幻**

1.引自史铁生《几回回梦里回延安》。

象，我一直觉得生来如此。生来我就见过它，我记得很清楚，就像一幅画，在画面的左边，芭蕉叶子上的水滴透黑晶亮，沿着齐齐楚楚的叶脉滚动、掉落，再左边什么也没有，完全的空无；画面的右边，老屋高挑起飞檐，一扇门开着，一扇窗也开着，暗影里虫鸣啾唧，再往右又是完全的空无；微醺的夜风吹人魂魄，吹散开，再慢慢聚拢，在清白的月光下那块南方的土地上聚拢成一个孩子的模样，画面上的那个孩子很可能就是我，因为除此之外我没有见过南方。

其实，如果说南方是指长江以南日照充足因而明朗温润的地域，那么我真的说不出我前世的那所宅院具体所在的方位了。在我来说，南方，就是一缕温存和惆怅的情绪，就是一个温存而惆怅的夜晚，和密密的芭蕉林掩映中的一座木结构的老屋，那老屋门窗上的漆皮已经皲裂，听得见芭蕉叶子上的水滴聚集，滚落，吧嗒一声敲响另一片叶子，或许还有流萤，在四周的黑暗中翩翩飞舞，而温存的夜风轻轻吹拂，仿佛要把我的魂魄吹离肉体。这情景，我不知道它的由来，我猜想，我以为，那样的南方是每一个男人的梦境，是每一个流落他乡的爱恋者的心绪。而女人和母亲，她们都在南方。母亲穿着旗袍，头发高高地绾成髻，月光照耀着她白皙的脖颈。那便是南方，在南方，有我敬慕和爱恋过的所有女人，南方是所有可敬可爱的女人应该在的地方，一向在的地方。

——哦，你去了南方，女人和母亲一向在的地方，真理一向在的地方。

——说不定前生前世我的情感留在了南方，阵阵微醺的夜风里有过我的灵魂。如果生命果真是一次次生灭无极的轮回，可能上一次我是投生在南方的，这一次我流放到北方。

　　南方在我，可能是一个幻象，这幻象不一定依靠夜梦才能看见，在白天，在喧嚣的街道上走着，在晴朗的海滩上坐着，或是高朋满座热烈地争论什么问题，或是按响门铃去拜访一个朋友，在任何时间任何场合只要说起南方，我便看到它。轻轻地说"南——方——"，那幅幻象就会出现。

　　南方不是一种空间，甚至不是时间。南方，是一种情感。是一个女人，是所有离去、归来和等待着的女人。她们知道北方的翘望，和团聚的路途有多么遥远。与生俱来的图景但是远隔千山万水，一旦团聚，便是南方了。

　　一个人幼年滋生的情绪都难免贯穿其一生，尽管它可能被未来的岁月磨损、改变，但有一天他不得不放弃这尘世的一切诱惑从而远离了一切荣辱毁誉，那时他仍会回到生命最初的情绪中去。如果有一天终于能够脱离羁绊自由翱翔，那么，南方，必是我的方位。[1]

　　我在南方啊，那个我一向魂牵梦绕的地方。

　　　　幽灵来了，携着你的文字。
　　　　或者你的文字携着你的幽灵。

---

1. 此节里所有加粗字均引自史铁生长篇小说《务虚笔记》。

它们不论生死，来去自由。它们在上一个世纪[1]就已经准备好，凡时机恰当，就做它们该做的，回答该回答的，呼应想呼应的；在我犹疑、困顿的时刻，显露挥之不去的意向。

七

> 迷迷荡荡的时间呵
> 已布设好多少境遇！
> 偷看了上帝剧本的
> 预言者，心中有数。[2]

我看到所有生者的背后，都有一个匍匐者，手中有决定生死的权柄。你永远不知道他们何时下手，不会有任何征兆；但你不惧怕他们，知道他们不会随意下手，他们是审慎的，是下令者，握着权柄，就该有握权柄者的视野和见地。你只有坚定，并且加快坚定的脚步。你知道，如果你目标明确，如果你的目标他们看着是好的，

1.《务虚笔记》创作于20世纪90年代。
2.引自史铁生《预言者》。

是重要的，他们就只是端着枪注视你，跟随你。如果你的步态优美，他们也一定想多看一会儿，再看一会儿。但他们的视野大到无边，也许，当某一种更大的需要降临，他们便要忽略你，这时你要知道，你就是那个该被忽略的，如果你惧怕，他们就会察觉，他们会以为那惧怕的就是渴望的。如果你接受忽略，坦然承受那更大的视野给你带来的不幸，你的坦然就是他们稳稳的枪托。如果你匀速地，专注地行走，他们有时候就会忘记你，以为你就是树或者云。如果你刚劲壮丽地冲锋，直到险峻之地，他们有时就会成全你，让你为那一瞬间的美付出命的代价，但你认为这值得，他们也同意。

他们不是幽灵，他们是狩猎者。

在一个死亡是狩猎者的世界里，我们可能拥有的最大的蒙恩，就是严肃地决定，如何迎接幽灵。

2017.11.8

三月雪

外面的雪早已停了。已经是深夜,终于可以坦然、勇敢地去睡了,没有夜黑、失眠的恐惧,也不觉得孤单,似乎力量回到了身上——仅仅因为刚才写了几行字?因为找到了某一个问题的解释(答案),因为准确表达了某一种感觉,因为某一刻的印象终于诉诸文字……

因为写作,就得着忙碌,就得着安慰,就得着同伴,就得着荣耀,就得着意义?

一

已经到了三月中旬，整整一个冬天，一直没有下过雪，这对北方的冬季来说，就仿佛冬天死了。

此刻，现在，终于下雪了，即使到了现在，春已经开始了的时候。看到冬天又行动活跃起来，有一种感激，冬天没有死，它记着它的使命，雪也记着它的使命呢。即使温度有些高了，雪一到地面就化成了水，也在所不惜。比起严寒里的雪，这会儿雪的生命短暂许多，几乎只在空中存在，于是，人们贪婪地看着它们飞舞，只看它们飞舞。

忽然听见自己跟死者说出声来：下雪了！

一这样说，就又有些伤感。死者听不见。如果冬天也有它的生命，如果说雪是它在冬季的生命动作，那么一个可能的联想是，死者的动作激起活者的想念，活者的思绪泛滥让死者翩翩漫漫。于是我盯着飞舞的雪，希望它越下越大，希望它不要停下来，如蜂拥般充满天和地之间，包围我们，包围一切。甚至，即使在三月里也能够下到不得不停课、停工的份儿上，下到无法出门，下吧，下到你生命巅峰的样子才好，下出一个奇迹才好。不管到了什么时候，谁也不能忘记自己的使命，如果一个冬天都没有雪，那么现在该冰天雪地才对头。

我在开着电暖气的屋子里以蹩脚的英文磕磕绊绊地读巴恩斯的新作。巴恩斯在妻子死后第五年，在一个看似描写热气球的小薄册子里，在第三部分，在最后，终于写到了他和他的妻子。

他的起点是从两个一变成二，比如把两件从没放在一起的东西放在一起，比如把氢气球拴在热气球上，比如一个女人嫁给一个男人，之后，这个世界无论如何就是被改变了，无论这种改变怎样，是毁掉了什么，还是创造出了新东西，也无论是否被注意到。

他说，就说两个人，如果先把两个从没被放在一起的人并置在一起，而后，在之后的之后，在某个时间点，或早或晚，由于这样或那样的原因，两个人中的一个被死神掳走。会怎样？又从二变成了一？会不会被掳走的比原来拥有的一切的总和的分量还重，这种可能存在吗？是从二变成了比一小许多许多吗？抑或竟至于少到没有了，少到无。

这样的思路总是吸引我。世界的创造行动来自关系。而人与人最紧密的关系，不一定在既定的血缘关系里，却常常发生在两个从没被放在一起的人之间，在曾经毫无干系的人之间，不仅可能产生新的血缘，还可能产生一种最高的关系，远远超越了之前的每一个之和。如今，巴恩斯看到了"之和"的崩塌，看到了关系的终结，看到了惨剧。

巴恩斯以其绵延不绝的文字使悲恸缓缓蔓延，以至于无穷无尽。

他节制地说，一字一句，没有热泪，没有鲜血，没有呼喊。就像仍在世界上一步一步走，不能也无法快跑，不能也无法跳跃，一边走，一边看，一边想，然后用黑笔在白纸上写。带彩的笔一根也不要，都扔在垃圾箱里。他肆意地说，直接说出不适，说出愤怒。但不用成语，不成节奏或旋律，只用黑和白描述，描述风景一样描述心境，询问别人一样询问自己，得出的结论无论多么残忍都是顺理成章。

巴恩斯并不走动，只是站在那里，默默地看着，凝视着，然后换个角度，又把视线挪向别处。巴恩斯只是写着，不停顿地写着，所有的场景和思绪，所有的联想和所有的梦，所有的日子和所有的死，各种，各样，企图一个也不漏掉。

整篇文字中，他的妻子——死——始终没有说话，也没有动作。只有巴恩斯存在，确实，他活着、存在着。他的动作是心与脑的合作，是写，是纸与笔的持久之战。

一任悲恸从每一个缝隙里出来，每一次思念都不漏掉，每一种方向都走到底，每一次触碰都带来坍塌，每一个梦境都恍惚如真，每一个说法都有例证，死之后的每一年都是第一年。

那些情景、那些别人、那些画面、那些日子、那些语词不停地凸显着她的死——但是他一点也不想凸显，他在人群里，他不说话，他观察别人对死的反应，虽然知道不同的悲恸不能相互阐释。虽然使用第一人称，但没有欲绝的悲伤，仿佛置身局外，看着那个自己在摸索着走进死亡或走出死亡。

其实，巴恩斯也是顽固的、唠叨的，竟至于喋喋不休的……巴恩斯"唠叨"不休以至像激情般地。

不禁想，怎样的女人才配得上这样的悲恸！但你在巴恩斯的笔下找不到她的音容笑貌。她只等于死，那个最大的悲恸。

巴恩斯的文字是写给亡妻的吗？写给匿名读者的，潜在的共鸣者？写给自己的喃喃自语？作为作品，存在的痕迹？或者是做一道题，是对关于死的问题的一种解答？

巴恩斯的文字没有对象，也不完全像自言自语，只是在描述，为了描述而描述，为了写出而写下。不一定驱走了悲恸，其实有时候我们并不想驱走它们。他感觉到，他活着，他就应该写下这些，在完成的时刻，他知道了，当他写下这些，他才能坦然地活下去。

果然，巴恩斯说，"是否自杀的问题早就出现了……如果没了她我真的活不了，如果我的生命坍缩成了仅仅是被动的延续，我会主动采取行动"，当他开始设想自己偏爱哪一种自杀方式的时候，他想到了一点，"想自杀的事就会降低自杀的风险"——他终究没有自杀，他通过想——在我看来，就是通过写，降低了自杀的可能。写作可能救了他。

这让我联想起一个中国作家说的话，"人是为了不致自杀而写作"（史铁生《答自己问》），事实上，这个作家的话，来自他自己的个人经验。巴恩斯的经验是又一个证据。他们都没有因悲恸而自杀，却因写作而在悲恸中被救起。

如果这样，那么对一个悲恸者来说，对写作的感激是怎样也不过分的——如果我们可能写作。

我的朋友钦号称爱情至上，却在最青春热烈的年纪遭遇了失恋。之后，钦的失恋，在每一个初夏的黄昏里重演，年复一年，挥之不去。

每一年初夏，都有那么一天那么一刻存在。那一天突然意识到白昼开始延长，实实在在的黄昏又来了；那一刻，心里的孤独刺痛般醒来。那一天那一刻的光线里，总是有钦孑然伫立的影子，和钦无声的恸哭。在被冬季的黑暗迷惑和慰藉的漫长日子之后，随着春的温暖，钦仿佛浑然痊愈，却在初夏的某一天，黄昏的某一刻，又一次蓦然发现自己独自在凛冽的白亮里，在无遮无拦的延伸中，无依无靠。黄昏的光线不是越来越暗，是越来越白，周围的一切因那单一的白色覆盖而消失了个性。光线平稳得只与有保障的约会有关，所有的车流和人流都走向既定的目标。每一个窗后，为晚餐忙碌的身影平安又虚幻。一个人在这样喧闹无垠的白亮里，是弄不出声响的。钦的呼喊在无边的空旷里，连回声都没有，到处风景依然；她的眼泪都流干了，他们照旧忙碌，顾不上回一回身。灰楼和人影移动或者定格，像在荧幕上无声无息地演出，模糊不定。她听不见，也走不进。一个人站在白亮里，无处可去。

钦的失恋，在每一个初夏的黄昏里重演，以至于她每一年都恐惧着那一天，那一刻。因为不知道究竟降临在哪一天哪一刻而更加恐惧。

我一直鼓励钦把这感觉写下来。有一天，钦终于试着把这种恐惧用文字写了出来。她说她写的时候就像在捕捉那种恐惧，既艰难又似乎有快感。她让自己重温着那种感觉，抓住最白的那一束光，追究刺痛的准确位置,直至分厘,把呼喊的声音全部吸住,变成语词……

之后,也许就有了以上的文字。之后,钦跟我说,在终于写下这恐惧和刺痛之后,在第二年,在以后的多年里,初夏的黄昏的恐惧,竟再也没有袭击到她了。

因为钦抓住了恐惧,通过对那个时刻"主要特征的更质朴和更强烈的夸张和观看"(海德格尔),以至于比以往任何一次的恐惧都更加战栗,比以往任何一次的悲恸都更加剧烈,终于,把这种经受变成了语词。钦握住了痛苦,给了那一天那一刻一个去处,一个可以长久安身的去处——语词,给了它们地盘,它们便不再干扰,不再越界,变得安静,定格在确定的位置和时刻。

如果说"一个好的比喻让心智如沐春风"(维特根斯坦),那么是不是可以说给痛苦一个准确的语词就是对它的钳制,免其泛滥成灾。

维特根斯坦曾经举例说,"人们不再根据感觉而是根据这样那样的计算来决定炉壁的强度……锅炉爆炸现在就比以前少了",因此"人思想有时的确是因为思想划得来"。那么,在这里懒惰地推演一下似乎没有什么不对:人写作有时的确是因为写作划得来。

二

一切都从想开始,写作始于思索,虽然上帝看着发笑。

首先,是找到一个词。

"在内心深处是清晰的东西,在词句中也必然是清晰的。因此人们从来不必为语言担心,但在词句面前却为自己担心。有谁能从他的本身就知道他的处境如何呢?这种暴风骤雨般的或者滚滚翻腾的或者一片泥沼似的内心世界就是我们自己。但在这条暗地里自己铺成的道路上——语句就是在这条道路上从我们的内心逼出来的,我们的自我认识暴露了出来,尽管它是始终被蒙着,但在我们眼前却是一幅壮观的,要不就是可怕的景象。"(卡夫卡书信)

哪里是我们?哪里是道路?那一个词,究竟在哪里?要找到钝痛的确定区域,找到刺痛的分毫针脚,要找到喜悦的最终栖居地,找到兴奋里隐约的阴影,找到疑难中包藏的私心……我们要找到,我们如何找到,在暴风骤雨中,在翻腾着的泥沼里,在雾霭里,在大亮里……不能有逻辑漏洞,又要准确到小数点之后,我们似乎清晰,似乎明白,但我们无语,我们甚至眩晕。语句,语句,等到语句显露,壮观或可怕的景象就出现了,当它在词句中清晰的时候,就不仅在内心清晰,在眼前也清晰了!真正清晰了,一个词,一个语句,被抓住了,被实现了,被生下了。

事物和现象借助词语清晰、显露,开辟、生长。那些无法对付的变得可以对付;那些无法理解的变得可以理解;那些词汇涌出、组合,经过命名而区分之前浑然不觉的;"一个新词就像一颗新鲜的种子"(维特根斯坦),犹如创造一个全新的事物,一个洞见在语言中成形,一个现象成为意义。

想,就是理解,就是解释。一种情感,一种现象,如果不被解释,就不进入我们的大脑和眼睛,就不存在。因为"让情感深刻的东西是关于它的深刻见解,关于它的'真理',而不是它在无意识中的存在"(所罗门《与尼采一起生活》),存在就是被意识,从而被意味,被表达。我们写出一句话,"不只是为了让别人懂得,而且也为了让自己明白这件事情"(维特根斯坦),当一个句子终于被恰如其分地写出时,一种困惑得以辨别,一种感情找到了归属,一个现象获得词汇,一种存在成为"真理"。

"语言,是世界上最典型的权力"(布朗肖),是人类对世界最初的占有——通过语言,通过命名而拥有,而使世界成为"我的"。我相信,每一个曾经的写作者,对此都会有深深的体会;每一部真正的作品,的确实实在在地占有着世界的一隅,并且永久性地占有着。

如果说"我的语言的界限意味着世界的界限"(维特根斯坦),那么,我的语言的拓展将是我的世界的拓展。

法国作家图尼埃笔下的鲁滨孙（《礼拜五——太平洋上的灵薄狱》）在希望岛上写的"航海日志"中说"……凡在我不在之处，那便是不可测度的黑夜"。希望岛在鲁滨孙上来之前什么也不是，甚至也如同不存在，当鲁滨孙上岛，当鲁滨孙"面对"它，"理解"它，给它的各个部分起名字，赋予它"规划"时，以及，最重要的，把它当作我——鲁滨孙的对象时，在鲁滨孙的日志里被思忖和描述时，希望岛才开始"露出水面"。图尼埃笔下的鲁滨孙是自觉的，他甚至充分地知道"语言是以一种基本的方式揭示"这个世界，他对其处境的思索和写作，完全证明他是在用他的精神赋予希望岛，使其成为一个"存在"，他甚至为只有他一个人的岛制定了《希望岛宪章》和《希望岛刑法》，以抵制希望岛的自然秩序，以维系和巩固可能失去的人性，而这种精神秩序，就是通过"航海日志"——通过写作来达到。所以"航海日志"是一个真正的写作者的作品。

他写道：我的胜利，那就是用我的精神秩序加之于希望岛以抵制它的自然秩序，自然秩序并不是别的什么东西，而就是绝对混乱的另一个名称而已。

他写道：我是多么如饥似渴地需要这些形容词啊，我要用这些形容词来确定对于恶的力量所取得的胜利。

否则，假若他没有词汇，就没有支点。他的情形是：

> 我大声诉说，不停地说话，也是枉然，我决不让一种想法、一种观念徒然闪过，如果我不是大声地将它倾诉给树木或

流云，我发现我的思想寄寓并活动于其中的言语的城堡渐渐塌陷崩溃了，我的思想躲在言语的城堡里，就像鼹鼠在曲折如网的地道里活动一样。思想借助于某种固定点作为支持以向前推进——就像在湍流中人们踏在河床出水的石块上向前行进一样，但是这些支点破碎消失了。于是对于这些并非指称具体事物的词的意义，我发生怀疑。

鉴于此，《希望岛宪章》第二款里规定，希望岛的居民"必须以明白易懂、响亮的声音进行思想"。理由是，由于空无一人，由于只有一人，由于虽然说话不能被听见，写字不能被阅读，但"内心的长篇谈话，随同我们继续保持意识，仍然需要继续进行，重要的是今后内心的语言应能表之于口唇之上，以便继续适应将语言塑造成为声音以求表达于外"。就是说，无论怎样，需要意识，需要表达，需要语言。因为如果丧失了语言，就是丧失了表达，丧失了表达，就是丧失了意识，丧失了意识，就是丧失了意义，丧失了存在。

没准可以说，希望岛上最大的败坏，是语言的败坏。反讽的是，鲁滨孙正是在用语言描述着语言的败坏——除了语言，我们还有什么呢？我们可以认为使得图尼埃的鲁滨孙能够一直有一种意志的，使得他得以作为一个人一样地活下去的，是写作航海日志。正是在这个意义上，希望岛才在最完整的人的意义上被图尼埃的鲁滨孙——我——所拥有了。

世界因为被观看、被触碰、被记忆、被描述、被意识而属于我们人类。造人的上帝给我们的脚本只有角色，没有情节，只有起始和结局，没有过程。他给我们欲望却看来像虚妄，他给我们自由又让我们皈依，他给我们语言我们不知道那就是权力……

我们有了权力就又要滥用。人类总是会滥用上帝给我们的东西，人们没少把自己看到的，自以为知道的，用各种理论武装起来，命名起来，企图以此推彼，解释一切。活儿干得漂亮！（虽然常常名不符实，人类哪里能猜得着造物主的意思。）我们乐此不疲。还有什么能超过语言这玩意儿，上帝给我们的最最奢侈的礼物。

不过维特根斯坦最著名的话简直就像一句反对写作的话："对不可说的东西我们必须保持沉默。"

但是语言的创造就是要在不可说的边界摸索、寻找，以命名而创造、而说出。比如"玛德兰的小点心"就从一个具体所指的名词变得像一个形容词，把一种似乎不可说的，无法表达的感受表达出来了，这个语句，在经过了普鲁斯特的创造之后，当它被说出的时候，我们知道它指向一种强烈的瞬间，虽是对往日的重温，却只偶尔发生一次（一再发生便不再是发生）。那种瞬间的重现带着童年全部的味道，丰富得难以言表，不可概括，只能用一种再单一不过的具体糕点的名称来被普鲁斯特"这样说"它，才使它可能指向所有的有关糕点——童年。之后，"玛德兰的小点心"就从一个可数名词变成了不可数名词，一个真正的名词。

再比如幽默这个词，不知道谁发明了它。这个词表达了一种原本不太能把握的情绪或感情。起初我们可能只是有一种冲动，情不自禁地看到了某种好笑、滑稽，又好像有什么东西藏在里面，一种挺远的似乎看不见的深意。等到有了这个词，拿来这个词，就抓住了这种感觉，不仅这一次抓住了，之后，因为有了这个词，我们竟可能学习、重复，并在适当的情形下把它拿出来使用，把它变成一种现成的态度。一种态度就是一种力量。一个词就是一个权力。

其实，维特根斯坦还说过："人有冲撞语言界限的冲动。"

三

巴黎的奥赛博物馆里有一幅塞尚的画，画面上是乡村里的一景，半山腰的村庄里，也许是夕阳时分，大约在秋天，画面上没有人，有房子，有错落的屋顶，有树，有坡地，有砌起的路沿，一面凸起的山丘（或者房顶）挡掉了近半个画面。画面最前方的路面上，是明亮的阳光，画面静谧，房子挨着房子，显得拥挤，或者颇有烟火气，沿着起伏的坡道往下走，能够走很久，田野和蓝天则在远处。按照画论，塞尚这一时期开始学到了印象派的手法，其画作色彩明亮，画面有生气、细腻，但仍然结实、粗犷……说得不错，这些特征，从这幅画里能看出。

然而，等你走近，看到这幅画的名称《被绞死的人的家》，便会略微有些诧异，似乎这名称惊扰了画面。于是你仔细再看画，企图从中感受到绞刑和死亡的恐怖⋯⋯

整栋进入画面的那座房子，该是塞尚的重点：一座二三层高的房子——应该就是被绞死的人的家。画面上没有死人，也没有绞刑架，只有一座石砌的房子，给人一种坚固稳定的感觉，树和房屋都纹丝不动，空气也有些凝固，肯定没有风。这屋子像一座死屋，稳固得像死一样永恒——这种感受来自看到命名之后吗？

这屋子仅仅是一个固体——真的很结实，像是实心的，永远也不会有人从里面走出来。这是一个家吗？曾经是一个家吗？这只能是一个被绞死的人的家。只有这样的家的周围才会有这样的死寂。不仅无声无息，而且静得恐怖。屋子显得粗糙，外墙斑驳，门前的道路崎岖以致略微陡峭，右边挡掉了近半个画面的凸起的山丘（或者房顶）给人压抑之感——这种感受来自看到命名之后吗？

画面颜色浓重，天空被压得狭窄，凸显的只是近处的逼仄，那座房子门前的树上，也是落叶殆尽，只有枝干了，村子是深纵的，得费力才能走到远处的空旷地带——这种感受来自看到命名之后吗？

为什么给这幅画起这么个名字，是塞尚看到这情景的时候感受到了恐怖的绞刑和死亡？还是这确实是一个被绞死的人的家，当时塞尚就是这样听说了这一家的事情，便如实画下？

本可以给这样的画面以任何命名。

如果不这样命名呢？人们能够在画面上看到夕阳，看到安定，看到淳朴，看到生命和生活的兴旺吗？奇怪的是，一旦命名，你就被命名遮蔽了，简直无法再用静谧、午后这样的字眼来描述这幅画。命名一旦给予，就进入画面，成为画的一部分。于是静谧意味了暗藏的不测，画面的饱满成了逼仄，艳阳照在黄土上的亮色成了死亡的反衬、死亡的无遮无拦、死亡的无辜——死者或者死者的气息便挥之不去。而因为"绞死"这个字眼，又把阴郁、恐怖散布到画面上，似乎阴郁、恐怖就在那房子的背后，或许在房后的坡地上，就竖着一具绞刑架。

我把这个经验看作"命名之殇"的一个不太恰当的例子。

我还偏激地把林奕含的小说《房思琪的初恋乐园》看作是一部对（文学）语言的控诉书。

台湾女作家林奕含的《房思琪的初恋乐园》的故事梗概如下：

> 国文男教师李老师五十多岁，一贯利用教师职权狩猎女学生，这次又诱奸了十三岁的学霸女生房思琪。在房思琪的"合作"下，或者说房思琪也"爱上"了李老师，这个行为持续了五年。终于，房思琪不堪暴力、屈辱，常年失眠以致发疯。在房思琪的成长中，最重要的经历是读书——"读太多的书"。她有一个闺蜜女友刘怡婷，在房思琪发疯之后读到了房思琪的日记，了解到房思琪的整个受害过程和受害心理，也了解到自

己的闺蜜对李老师的某种"爱"。房思琪还有一个长她七八岁的伊纹姐姐，也是一个文艺青年，曾经长期默默遭受家暴。伊纹企图充当房思琪精神上的救援者而未能成功。

由于刘怡婷看了房思琪的日记，所以我们读到的故事几乎都是房思琪的独白。故事本身并无崎岖，只在于——正如作者林奕含所言——"诡辩"，作者既说这是一个中学生连续数年被老师性侵的故事，也说这是一个被老师诱奸的女孩爱上老师的故事。

因为作者林奕含，也曾经是一个类似的受害者，以至于常年生活在"精神病的暴乱中"，以至于，在经过八年写下了这本《房思琪的初恋乐园》之后不久，终于还是实现了她自杀的"夙愿"。所以我就混淆了房思琪和林奕含，她们都是她。

幸运的是，林奕含留下了访谈的录影，留下了自己对作品的阐释，这使得我对自己的阅读结论有了信心，我自信是她的一个好读者。

她在作品中做的点点滴滴的努力我不敢说全都看到了，但是真的，看到了很多很多，她想说很多，我知道她为什么这样写：这里改换了人称，那里用了反讽，有时又故意用错词义，有的时候是美的，但美得又那么可耻。她长久身陷在黑洞里，看清了黑洞的轮廓，熟悉每一步坑洼，接得住每一处岩缝滴下来的水，她能用她的心灵发现她渴望的绚丽的岩画。但不管怎样她都知道，什么都是徒然，她知道她会永远被困在黑洞里，走不出去。她陷在痛苦里，因为她除了痛苦的情绪，几乎一无所有，她给痛苦画画，画得好凄美。

但如果你说你在那美里面看到了哪怕一丝一毫的希望,你就读错了,这本书不是纯粹的痛苦,却是纯粹的绝望。

她对自己很残忍,就像在描写别人,用恶狠狠的词,还带着讽刺,嘲讽,一边是暴力和无耻,一边是旁边不断吟咏的"歌队":温良恭俭让,温良恭俭让,温良恭俭让。

她的叙述里不时地露出一把刀,刚刚还明月灯下,一把带血的刀子就显现在桌子上,但谁都不看,因为月色辉映着灯光,恍惚得什么都显得亮亮的,好像是爱。

她在黑洞里,她用咒语,用最恶毒的话来说自己:我只是你要去的补习班的老师的情妇;但她又会问老师:"你爱我吗?"一句爱或不爱,就建起一切或推倒一切,解释一切,"一切只由他的话语建构起来"。

李老师说:"当初我不过是表达爱的方式太粗鲁。"——如此轻率地提及爱这样重的词,她也发觉不了,只要听见爱这个词,她就缴械了。

老师说:"我只是想找个有灵性的女生说说话。"她知道是自欺欺人,却执意地走进去。

她被书迷惑了,她竟"每天读书,一看到可以拿来形容她和老师的句子便抄录下来……""……她对倒错、错乱、乱伦的爱情,有一种属于语言,最下等的迷恋"。

她在她的词汇宝库里寻找:"想了这几天,我想出唯一的解决之道了，我不能只喜欢老师，我要爱上他。你爱的人要是对你做什么都可以，不是吗？思想是一种多么伟大的东西！"——语词的力量竟是可以把一切变成一切的！有了语词，我们就有了根据，就能上升了吗？

爱，是可以掩饰、代表一切的，又什么都不是。现在，爱这个词，已经没有含义，只是一个特定的词、特定的声音带来的浪漫幻觉，使人昏厥。

她也有疑惑，她的屈辱、她的失眠就是疑惑，因为对爱情的恍惚期待，她竟想出一种叫作"不是不爱的爱"来给自己和老师的"爱"命名，这究竟是什么？不是爱，也不是不爱，又终究叫作"爱"？如果"文学的生命力就是在一个最惨无人道的语境里挖掘出幽默"，那么也可能挖掘出爱？或者就是这个更不像样的："不是不爱的爱"——这真是一种语言的游戏。她就是这样欺骗自己，她读过的书、她的语词的能力使她比别人更有能力欺骗自己。

爱，竟至于像一种暴力，虽然是房思琪自己压在自己身上的，词，却是早已经有的了，是现成的。爱，再没有一个词"可以比这个词更错了"！——"运用一个你其实并不懂的词，这根本是犯罪"！

李老师说他们俩一个是曹衣出水，一个是吴带当风。她懂的，她知道这比喻太恰当，太美，这真是美啊！可把尴尬和无耻融进诗意就成了浪漫？对文学的痴情帮助命运毁了她，文学辜负了爱文学的人。

连最初，那第一次发生，就是在书架下面："李国华马上起身,走到她后面,用身体、双手和书籍包围她。他的手从书架高处滑下来,打落她停在书脊上的手,滑行着圈住她的腰……"作者的隐喻昭然,"诱奸"她的,一半是身体,一半是书墙,一半是官能,一半是语言。加上那种文学的羡慕和崇敬:一个可以整篇背诵《长恨歌》的人,就是我们相信他的起点;他不是把她压在床上,而是把她压在"诺贝尔奖全集上";他把她"粉碎在话语里",让她"在话语里感到长大,再让她的灵魂欺骗她的肉体"——我说不是她的灵魂欺骗了她,而是语言,是文学,她在语言的暴力下迷失。就像伊纹姐姐说她"身体卡在书中间",其实就是被词卡住了,不是卡了一分一秒,而是卡住了命喉,葬送了一条命。

她写得美,也写得狠。读者被掀起了感慨,被掀起了敏感。对感觉的沉溺,无论哪一种感觉,都会因为准确的描述而美,美得悲惨也是美,美得无耻也是美。明明是恶,是诱奸,是恐惧,是裂缝,却用语言用修辞用比喻去弥补,去装饰,目的是揭露语言和修辞吗?

上面那些引号里的句子,都是来自那本书,这无疑说明了林奕含是自觉的,她就是要揭露语言和修辞,要控告文学。

她看到了,其实房思琪可能"从悬崖走回崖边"的,只要"一步就好,一个词就好",在我看来,那个词就是:巧言令色。

林奕含终于提出了她的疑惑:艺术是不是含有巧言令色的成分?

其实她已经知道答案了,她写道:"联想、象征、隐喻,是世界上最危险的东西"——她是说语言、修辞,是世界上最危险的,这就是那个"巧言令色"——高超的技艺。所以,这本书,不仅是它的翳影,它的炫目文字,它的诗意,以及关于青春,权力等等,它是文学,它是在以文学的方式向我们提出问题:文学是什么?这书,不是对文学的崇拜,而是对文学的幻灭。

即使她怀疑语言,怀疑文学,可是她终究还是写作了——"而我能做的只有写",虽然她被摧残到以至于"只会写丑陋的故事"。

这本书不是愤怒的书,愤怒倒是干净纯粹的,还可以点燃,还可能燃烧。但这本书是荒芜,是惨剧,一个彻彻底底的惨剧,暗无天日。

其实作者深知:"文学是最徒劳的,且是滑稽的徒劳","我不能拯救任何人,甚至不能拯救自己。这么多年,我写这么多,我还不如拿把刀冲进去杀了他。"——她真的杀人了,她杀了自己。林奕含自杀了。对林奕含的死,用"遗憾""可惜"这样的词无论怎样都是太轻了,找不到一个词说得着这个死。我深深地以为,杀死她的,一切之外,文学和语言有不可推卸的责任,因为它们有时不折不扣地就是巧言令色。

曾几何时,文学辜负了爱文学的人;语言离开创造它的人野蛮生长起来。

四

　　林奕含说，她只有在情绪特别不好的时候才能写——她不是说她在写这些的时候痛苦。那么，是写着写着，越写越痛苦，还是必须从痛苦中出发，抑或是痛苦呼叫写作？是痛苦需要写作还是写作需要痛苦？唯一可以肯定的是，写作缓解痛苦。痛苦必是写作的缘起之一。

　　如果巴恩斯在写作中得到了慰藉，卡夫卡因为写作而得以活下来，那么鲁滨孙是不是必须写作或者需要写作？

　　事实上，那个真正的鲁滨孙的原型，人们发现他的时候，毛发丛生，像野人似的，穿着羊皮衣……他在岛上待了三年多，他搜捕、宰杀公牛和母牛，腌制加工……他从未认为他会永远在岛上，他没有写下任何文字，没有航海日志，也没有对自己处境的任何反思留下来。可见不用写作，照样可以活下来，活得不错。

　　那么什么样的人需要写作，是写作者？

　　我相信有一种必需的，"不得不"的写作需要存在。那是来自一个人内心深处的"我必须"。最极端的例子就是卡夫卡。他的情形在有些人看来，尤其是不写作的人看来，简直是一种病：

我常想，我的生活方式最好是：拿着一支笔在一盏孤灯下待在一个宽敞的、大门紧锁的地窖最靠里的房间里；有人送饭来，而且总是放在离我最远的地方，最靠外的地窖大门的背后，我披着睡衣穿过一间间有拱顶的地下室去取我的——饭，这也就是我唯一的散步，接着我回到桌旁，慢吞吞地、若有所思地吃着，吃完后马上又开始写。我这样写出的会是什么样的作品啊！我将把它从什么样的深处挖掘出来啊！

一个疯狂的写作者被卡夫卡自己跃然于纸上，他说他如果不能写，就会"被一只毫不留情的手推出生命之外"，就会"躺倒在地，只配被人扫地出门"。这种对写作的极端需要对卡夫卡来说也许与生俱来，是他的使命使然。卡夫卡的需求是一种典范式的，可能带着上帝的某种揭示之意，不足以让我们类比或仿效。但是它很可能揭示了我们写作的某种最真实的秘密。每一个写作者的使命有大小，有不同。但性质完全一样：我将把它从什么样的深处挖掘出来啊！

如里尔克所说，一个真正的写作行为始于"第一次深的寂寞"，从一个人为自己的"生命所做的第一次的内心的工作"开始。它常常发生在夜，总在夜，最符合夜的特征。那时万籁寂静，一个人在思索，在抬头凝望，在看自己，在默想和定义……那个时刻，可以被命名为写作，那个夜，那样的夜，被一个作家命名为"写作之夜"。正是在写作之夜，那个作家刹那间看遍了自己的四十年，找到了他自己生命的密码：残疾和爱情。（参见史铁生《务虚笔记》）

某一种心智需要思想就像生命需要补给。那种对语言天生敏感的，那种把生活的点滴都看进心和大脑的，那种像维特根斯坦那样"整个人都是为精神生活准备的"的人，必然会成为写作者；那些永难磨灭的创伤，挥之不去的噩梦，以及震撼心灵的经验，也都可能导致写作。

除了天才和有使命者，并不是每一个人都需要写作。说写作始于表达的热望，始于创造的欲望，但每一个欲望都属于每一个写作者，每一桩痛苦，每一个疑问，每一声呼叫，每一行热泪，每一次战栗……语言使每一个找到了另一个，找到了——家；语言带来了秩序，带来了审视，它拓展疆土，也俯瞰悬崖。它发现，它创造，它也是陷阱。

极端来说，对有些人，如果会写作，如果能够，就多了一个活下去的可能，多了一种可能的慰藉。房思琪不是这样写过么："我必须写下来，墨水会稀释我的感觉，否则我会发疯的。"因为写，至少房思琪推迟了发疯，林奕含推迟了自杀。对又一些人来说，如果在思想的迷宫里走不出来，竟也可能多了一个死去的理由，比如《群魔》里的基里洛夫，如果走进了哲学，自杀的问题也就走到了前台，死或者不死成了必须回答的问题。

需要写作的人就是写作者。不是每个人都是或都可能成为写作者，也不是每个人都应该成为写作者。正如世界上的人可以分成生孩子的和不生孩子的，结婚的和不结婚的，也可以分成写作的和不写作的。写作者有写作者的痛苦和满足，正如婚姻有婚姻的温暖和羁绊，养孩子有养孩子的艰辛和欢乐。

一个真正自觉的写作者，走在语言之路上，必是如履薄冰，不能用错一个词，不能写错一句话。一个真正优秀的写作者，必须思索：为什么写作？什么是道德，什么是高尚，什么是智慧？因为写作者不仅关乎怎样写，还必然关乎写什么。

五

卡夫卡不写作会死。林奕含必须蘸着血泪写作，她的苦难是为写作而存在的，写完之后，就赴了死。鲁滨孙不写作。图尼埃的鲁滨孙却写作。

当鲁滨孙的遭遇进入图尼埃的思绪，就有了图尼埃的鲁滨孙写的"航海日志"，这本"航海日志"不是应用文，不是事务记录，而是一部真正的作品的躯干。它是图尼埃对一个人绝对独处的想象：在一个永远没有他人的岛上，可能发生什么？

因为图尼埃是一个写作者，所以图尼埃的鲁滨孙需要写作。可是如果说图尼埃的小说作品《礼拜五——太平洋上的灵薄狱》肯定会被阅读，那么图尼埃的鲁滨孙写的航海日志却应该不会被任何人阅读。它只是被（图尼埃的）鲁滨孙书写，我以为是出于对他人的需要——却不是活下去的需要，真的鲁滨孙不写作却活下来了——

而写。

图尼埃的鲁滨孙需要他人。在没有他人的环境里才会发现他人的不可或缺，才会发现"我在不存在任何活人的情景中前进"，才"越来越怀疑我的感觉所能证明的真实性"，才意识到"现在我知道我得到支持站立于其上的土地，为了不至于动摇，除我之外，也需要别的人来把它践踏踩实"……而"最可靠的保障，那就是我们的兄弟，我们的邻居，我们的朋友，或者我们的敌人，但必须有个人，伟大的神明啊，必须有一个人！"——但是没有一个别人！希望岛上只有图尼埃的鲁滨孙。但是这句话被写下来了：必须要有一个（别）人！

在一个永远没有别人踏上的岛上，任何作品都不可能被阅读。但永远这个词是一个假设，或者即使是一个事实，图尼埃的鲁滨孙也会因为上岛之前的习惯和旧识而在内心深处默认"写作会被阅读"。文字一存在，就意味着被阅读的可能，意味着在某一处某一刻会被阅读、被理解，这是写作潜在的必然命运。图尼埃的鲁滨孙完全可能以为写作就等于找到他人，从而在写作中得到安慰。所以我把图尼埃的鲁滨孙的写作行为看作对他人的需要的变相实现。

因此图尼埃的鲁滨孙的沙漏从不停止工作，图尼埃的鲁滨孙坚持以每一个日出记下每一天的存在，记下了每一个星期的从星期一到星期天。因为时间是通道，是我与他人的共在证明，没有时间我们将无法达到彼此，无法从一个人走向另一个人。因此图尼埃的鲁滨孙坚持记航海日志，因为写下来就是被阅读，就是观看和施行梳理，是审视自己及周围，给予判断和评价——就是站在他人的视角，就是他人的存在。

于是想到"没有任何文字写出来不是为了被阅读的"，这是一句完全正确的话吗？

不是常常有作者说，尤其是某些著名的作者说，他们写作仅仅是为自己而写，不需要任何读者吗？如果让我们举一个例子出来，大概最先想到的就是卡夫卡。

但是，我在卡夫卡日记里读到了这样一段话："……我把桌布上的稿纸推来推去，用铅笔敲敲桌子，把家人在灯下挨个儿看了一遍，想以此吸引某个人拿走我写的东西仔细看看，然后对我表示钦佩。"

——这是我心目中那个纯粹为了内心需要而写作的卡夫卡吗？

这当然不是最强烈的卡夫卡，不是最卡夫卡的，也切不可以此推断卡夫卡以及他的全部写作，除了必被忽略和该被忽略的，我想，一种对于自身的必须，与一种需要别人认可的本能，并不矛盾，在卡夫卡身上竟也并存着。其实我们内心又何尝不需要他人，就像每一个孤独者都是因为别无选择。没有写作不需要读者，只是如果不是真正的读者，那么宁缺毋滥。真正的写作需要的读者，他们不仅有共鸣与理解，还简直能够像作者自己理解自己那样，那是极其难得的，尤其是卡夫卡这样的作者及其作品。以至于对这样的作者和作品来说，这种共鸣与理解因其之难而使得是否"浮出"，是否被作者"看见"，显得不再重要。

每一个作者其实都是失望的，好作者就更甚。或者说，没有这种准备的作者，首先就不是一个好作者。事实上，常常不就是因为在生活里失望才发生写么。我们相信或者希望，有几个或一些别人，会在自己的文字里，不仅读到大苦难和大理想，也能发现落笔时的某种肆意，某种憎恨，某种期待，某种节制，某种犹疑，某种暗示……以及某种难以表述的爱。这种希望，并不一定会被读者读出来，但作者相信，肯定存在这样的读者，看不见绝不意味着不存在。正是这样的被作者认为是真正的读者的潜在与必然的存在，是一个写作者写作的重要理由之一。

因此，也许"没有任何文字写出来不是为了被阅读的"这句话应该改为：任何文字写出来都必然被阅读（哪怕是被自己阅读？）。被阅读是假设的必然也是真实的必然，而当共鸣发生的时候，这共鸣或理解就一跃而起成为作品存在的一部分，可能正是在这样的时刻，写作者的存在够着了他人，通过他人，够着了世界，遥远处露出了整全的地平线。

六

动画片《寻梦环游记》的逻辑假设是，人死之后，还有一个最后的"终极死亡"，终极死亡的来临，取决于在活者的世界里最后一个亲见过死者的人对死者的记忆，一旦在此岸世界再没有一个人记得死者，那个死者就临到了"终极死亡"。

影片中的可可奶奶已经很老很老了，快要忘记她的爸爸了，每当老可可奶奶昏昏欲去就要忘掉她爸爸的时候，那个在死者世界里的爸爸的骨头架子就要散掉，就要瘫软下来，面临"终极之死"……我——热爱歌唱的小男孩、可可奶奶的曾孙子、可可奶奶的爸爸的玄孙子为了唤醒可可奶奶，唱起了"爸爸"曾经给可可唱的歌，当老可可慢慢睁开眼睛，被歌声唤醒，脑海里又出现了"爸爸"的模样的时刻，那边，死者的世界里，"爸爸"就硬朗起来，就有了力量，"终极死亡"被推迟了……

每一个有亲人在那个死者世界的人，看到这样的情景，都会潸然泪下。

我不是宁愿相信，而是相信，这个电影的假设是真的，真的：如果想念，就有力量——想念就是力量。这语句，强大有力，足以教人沉浸，足以给活者安慰。我们在此岸的想念不是无益的，我们在此岸的想念是他们彼岸死者的力之源泉，这样的说辞多么好，多么真实。如果我们的想念发出声音，变成文字，就必将更加扎实有效，给彼岸的人以支撑和劲道，让他们硬朗如生，让他们远离"终极死亡"，越远越好。我不是宁愿相信，我相信。

我知道这个动画片的逻辑假设不是真的，但是我需要这样的说辞，这说辞一旦有了就像有了保障，有了希望。我们凡人很难分辨什么是巧言令色，什么是真正的美。只看我们离什么最近，只看我们的诚实，只看我们的智慧，只看我们的悟性——只看我们的命运。

我们终究是需要说辞的，需要语句，需要概念，需要文学，需要习俗，需要信仰。尽管它们可能"将一时的以身相许转变成永远的忠诚，片刻的怒火中烧转变成永远的复仇，瞬间的绝望转变成永远的悲伤，偶然发生的简单的语词转变成永远的义务"，这样的转变，可能"每一次都给人类带来了无数的伪善和谎言，但以此为代价，它每一次也都给人类带来了一种超人的提高人的概念"——这引号里的话是尼采说的（尼采《曙光》），他总是说得过分惨烈，然而终究是有真实在其中。

因为，有些门，"需要用某个词或某个数打开：你在用上这个正确的词之前，无论用多大蛮力都打不开门，但用上了这个词，一个孩子就能打开它"（维特根斯坦），提升我们的，可能我们尚不知道。

有许多词，正如有许多门，"从两个门会走到两个不同的世界中去，甚至这两个世界永远不会相交"（史铁生《务虚笔记》），那么，跟着哪一个词走，是不是至关重要？

七

外面的雪早已停了。已经是深夜，终于可以坦然、勇敢地去睡了，没有夜黑、失眠的恐惧，也不觉得孤单，似乎力量回到了身上——仅仅因为刚才写了几行字？因为找到了某一个问题的解释（答案），因为准确表达了某一种感觉，因为某一刻的印象终于诉诸文字……

因为写作，就得着忙碌，就得着安慰，就得着同伴，就得着荣耀，就得着意义？

"这个世界最不可理解的事情，就是这个世界是可以理解的"（爱因斯坦）。这才是写作行为前赴后继的真正原因。

无论老天选择在哪一个月下雪或者不下雪，我们都会设法解释它，理解它，成为它的一部分，在天底下，展开我们的思绪。

是为三月雪。

2018.3—2018.5

彦和周围的二三事

彦不是等时间慢慢过来，而是根本忽略时间，所以只有当时间提醒他的时候（其实是外界，是那个不忽略时间的世界），时间才存在。情形就像，他在等时间过来。不是因为他有耐心，而是因为他从不刻意在那里等，不等，一切就等来了……即使等到时间告诉他：他已经过了中年，他有了白头发，别人也跟他一样退休了……他也只是不吭声地听着，知道时间过来了……之后依然埋头走他那没有时间的路。结果那条路上，时间赫然在路边；而不像我们，我们总是要做主角，时间只是我们的图注。这样的彦，该是有过的。

自习大教室里，半夜了也还是灯火通明，在20世纪80年代的大学校园里，这是常态。在我们数学系就更甚。那天，彦的热水瓶在椅子后面忽然炸了，一声巨响，所有的人都被惊动，张望着，甚至有人站了起来，当事人的他却头都没有抬，像雕塑般保持着原来的姿势，手里的笔连停也没有停一下——那可是他的热水瓶！他不是看书做题太专心，他从不那么用功，他只是有能力在瞬间克制自己的身体，把装出来的从容变成真正属于自己的。即使回头看一看发生了什么，他也从不超过某种幅度，最多慢慢地、平移般地转过头去，仿佛颈椎有毛病——这样的场景毕业三十年后也还是宛在眼前，想起来就笑。

你说他的从容是装出来的，也不对。他是真的不着急不着慌，慢慢地说出你意想不到的话来，他让你觉得，你着急真的是没动过脑子。或者他会忽略你的思路，径直走他的，在你的叙述停顿的时候，冷不防说一句另一股道上的话，你真的不知道他是故意的，还是无意的——他的思路就是他的，不跟你走？

他从容，他就幽默了。看见他小小的贪心，你会暗暗一笑，然后又在他的自嘲里看到他的聪明——他知道你看见了他的小贪心。他看书或者做题，动作都有点像慢镜头。看书的时候很长时间一动都不动，简直不知道他是在看还是在发呆；他做题的时候手是匀速地从左往右滑动，你不明白他究竟是在抄题还是在做题——怎么看不到思考的停顿和豁然解惑的疾书？他很聪明的，稍微看看书就够了，看起来他比大多数同学都悠闲。

他是彦，一个男生。在我的印象里，他总是斜着身子站；他不着急，因为时间比他慢。

——他是那个总斜着身子站在那里，唯一敢于等时间慢慢过来的人。

虽说彦是教授的孩子，却一点没正形儿，穿着显得有点邋遢，有一次竟然还在腰上系了一根麻绳！可能因为他下过乡，当过几天农民，学他们来着。冬天，穿一件军棉袄，腰上系上一根麻绳会暖和许多。他那样儿，别人瞅他，他一点没感觉，就好像他腰上根本没系麻绳一样，对别人朝他腰上投去的目光视而不见。别人就习惯了，觉得他就是那么一种人，跟别人不一样但一点也不显得跟别人不一样。他也会老想跟某一个他认为的漂亮女生在一起，跟人家聊天，唱歌，上自习，有时也待得很晚很晚才回寝室。但是他没有谈恋爱。那情形有点像他斜着身子站在那里，故意让爱情擦肩而过。

那个时代，谈恋爱在大学的管理者那儿还是禁区，晚上常常有执勤的干部（纠察队）打着手电筒，专门往小树林、僻静处照，要是照见正在相拥、接吻的男女学生，就像发现了贼。好在毕竟已经开始了"改革开放"，所以不至于把学生抓起来，只是大吼着，把他们赶回宿舍或教室。这样的事，热恋中的青和钦就经历过几回。虽说心里面理直气壮，但还是显得很灰、很尴尬、很狼狈。听说历史系的个别大龄学生，还有过分的，因为嫉妒吧，竟然尾随一对恋爱男女至校外、至深夜，直至"捉奸"。听着真吓人。

设想要是彦碰到了那样的手电光，肯定不是扭过头去躲避，而是眼睛直视那打手电的人，定格在那里，直到打手电的人自己尴尬。而且他的目光肯定不带谴责也不带愤怒，可能会带一点诧异，一点疑问：你为什么要照我呢，噢，照我们呢？这样的坦然和目光必出乎执手电者的预料，对彦这样持续的、一动不动的回应，对方是势必会罢手下来的。然后，他也就会像没被照过一样要么回教室，要么，也许，再继续吻那个女生一阵子。并且他绝不会跟那个女生一起顺便骂骂那个打手电的人。关于打手电的人，他不会说什么，一句话也不说。你真的不知道他是不屑，他是故意，还是觉得累，还是……还真的不知道是什么。不能解释的行为，常常就是彦做的事情。所以，只要设想这样的场景，我印象里出场的就总是彦。

所以你只要通过我对他这样的想象，就明白什么样的女生，得多聪明，得多么有幽默感，才配与他交往。但是，这样的判断其实错了。他从不需要那样的女生，他需要的就是一个漂亮的、他爱的女生。漂亮，而且他喜欢。不一定要幽默，不一定要聪明，更不需要多么理解他。事情就是这样，他后来娶的老婆，证明了这一点。

但是确实在毕业的时候，他还是耍着单儿，没有在班上、在大学里，交上女朋友。其实真实的原因我根本不知道。再说真的，其实呢，他也没显得那么不同，用现在的话说，那么酷，那么炫。或者呢，是我的想象，和我的期望。我希望看起来这样有点与众不同的彦，还有着深邃的内心，还看过许多许多书——那确实是所谓的男神了。男神当然是没有的，现在老了就知道了。

过了许多年，钦有一次跟我说起（钦和青才可能是真正被那束手电光照过的人），她说：那个打手电的人，我怎么就始终觉得不是学校纠察队的人呢，老觉得是潘。

从黑暗的楼道另一端射过来的手电光是来自谁，这一边的她和他，钦和青，不可能知道。钦说，她只是感到那手电光照的时间略长了一点，好像并不仅仅是想知道谁和谁在那儿，还想要印证或想象一下别的什么……那照的时间稍稍长了一点的手电光，暴露了拿手电筒的人的欲望——他不能控制自己。他们感觉到了，那光线来自一个成熟的男人，它不是出于毛头男孩没有恶意的好奇心或偶然，也不带着纠察队员发现"道德败坏"的恼怒，之后更没有驱赶的命令，对，主要是没有晃动，它虽然短暂，却有凝视在里面。在同一个地点，它一再地发生，简直可以确定它来自同一个人手里，它像是隐藏在可理解的恶作剧中被压抑的蓄谋。从来没有打听过，黑暗里恋爱中的钦和青，真的不知道他是谁，可每想起这一幕，钦说她的脑海里随即出现的形象就是潘。

他和她在黑暗中，只是被手电光多照了一会儿。那稍稍长了一点的时间甚至都感觉不出来，而且光源后边一片黑暗，他们怎么可能知道是谁？钦为什么觉得来自潘？那么，一定是在光天化日之下潘泄露了他的欲望。他看钦和青的目光就像在看他们做爱，他对他俩关系特殊这件事的故意忽略，以及对别的恋爱关系的了如指掌使他们知道他在掩盖他对他俩的兴趣。当然，并不仅仅这些可以说得出来的理由。人的灵魂其实是都被写在了身体上，或者说灵魂是通过肉体表达的。你的信息无处不在，别人不光知道你做了什么，还知道你可能去做什么。

从闲谈里，钦知道其实潘很懂她的趣味，比她自己止在爱的肯还要懂，虽然他来自农村。他曾肯定，钦喜欢《卡桑德拉大桥》里边的那个强伯伦大夫：那个男主角，就是你喜欢的男人类型。听得钦心里一惊，是，她这才发现她的确喜欢这种男人，这种：睿智、殷切、幽默和冷峻，那冷峻可能象征果断或者坚毅，总之是象征男人的品质。过了多少年之后，钦才忽然想起这一幕，她跟我说，强伯伦大夫，还真是一个完美的类型：

> 他有一个资深医生的身份做背景，又对爱情兴趣盎然，而不仅仅是对性。他会有一个或曾经有一个当作家的妻子，他假装不谙艺术家的怪异，假装忽略前妻的新作。可是他一定暗地里谙熟了她的作品。他其实喜欢应付女知识分子的纠缠和"无事生非"，他懂得这是她们必然的狭隘和"爱意"。关键是对他来说，对付这些，只要凭一种本能的幽默和优越就足够了，毫不费力。还有，他不会离婚了就忘了旧情，对女人，他有敬畏，虽然也拈花惹草，虽然那么聪明和潇洒，内心深处，对自己爱上的女人，他是费心血的。他甚至是风流倜傥的，却更是坦荡和诚恳的。

这种男人一般来说，可能不是专业的艺术家，就是说，不是作家，不是画家和音乐家，却可能是物理学家、网络工程师什么的，或者就像强伯伦那样，是大夫——这个职业也许最恰当，最有刚柔并济的象征意味。在自己的行当之外，因为懂得爱情，懂得女人，所以他们就或许真正懂得文学和艺术。他们不是沉溺于浪漫——那种对浪漫的沉溺,叫人想到"模仿的激情";他们的浪漫明亮自信,对照着他们的似乎与此无关的"枯燥"职业,相得益彰。

(引自钦的小说)

我说钦啊,你真是太文艺,不过,这又有什么不好。对了,我问钦,既然潘如此理解你,你没有爱上过他吗?

钦说她心里特清楚,她不会爱潘。她不爱潘,真的不能说就是因为他来自农村,或者因为他不够英俊。可能是,因为他的目光既不纯洁也不真正淫荡。但是她知道潘是理解她的,他不像别人因为钦的腿疾而看轻她的价值,也不相信世俗的逻辑,认为她目前的恋爱渺茫。如果有可能,潘也可能会爱她。不过骨子里潘是不要她这样的女人的,他知道这有多么累。所以,多少年来,对那道手电光,钦的感觉复杂;多少年来,钦一直保持着和潘的联系。

我说,你这是表达一种感激吗?钦说是一个见证。

在钦的印象里,那束手电光的背后总是映着潘的影子。而在我的眼前,回应那束光的,却总是彦的做派——不是青,是彦——简直历历在目。我总想,只有彦,才能给予那样的兴趣以最"无趣"的回应。

因为彦是钦和青最好的朋友。在钦和青之间发生过的,彦或者看到或者知道,但什么都没说过。我知道彦是那种普通人,普通到认为不能娶难看的女人,不能娶残疾人,也不能找比自己个儿高的女人,而没有父辈祝福的婚姻也是绝不允许的。他就是这种人,他的观点跟绝大多数人都一致。彦很少看书,也不屑我的各种理论。彦听我和钦说话，一般总是沉默。偶尔赞成，偶尔冷不丁回一句反讽的话，大多数时候一开口就总是顾左右而言他，似乎根本没有在听我们说。从来也没有反对，更没有激烈的反对。我和彦近，还可能是因为他比较随和，当然他还有点漂亮；我和钦都和彦近，都是因为彦跟青近。

而钦和青的故事，是钦说给了彦。

她爱上了他。是说钦爱上了青。

他不文质彬彬，不戴眼镜，不像她爸爸那样的，也不像她小时候熟悉的那些教授的样儿，他整个儿地不知识分子。对，也不白，是男人样儿的黑。别人一看他的样子，就知道会打架。他自己也说，碰到不讲道理和虚伪的人，他就用拳头说话。这样的凛然正义很让书生气的女生钦景仰。他当知青的时候，在路上拦卡车是常有的事，司机可不爱拉一帮男青年，所以一帮男学生往往拦不下车。为了使卡车停下来，他们有时就系上花布围巾装作老乡的婆姨背朝车来的方向坐在地上，哄司机停下来，上了车，要是司机不按他们的指定地点停车，车厢里的他们就从后面掀起大苫布蒙住司机座的玻璃窗，司机看不见了就只好停下来……这种坏事说起来真是炫耀，她从来也没有听过这样的故事。

他可能是一群坏孩子里最善良的一个，也是不念书的孩子里最聪敏的一个。当然这还不够。他还应该深明大义——她这样想象他——不管读书多少对事物都有独立的见解，他可能还知道一些她曾经没有在意或者根本不知道的格言，那些格言从他嘴里说出来就特别恰如其分，用在了刀刃上。要是一个人把那些话真的读到了心里，用起来就会显得真正强悍。还有，他读过的书太少了，甚至也可以认为他只读过一本书，《荒野的呼唤》，是杰克·伦敦的，那本书，真是刻在了他的心坎上。他讲给她听的那个晚上，几乎把整本书都背了下来，每一个细节都没有漏掉。虽然她看过的书比他多多了，然而又有哪一本如此震撼！

卡车的故事，彦听了心有戚戚，就像他自己干过的事！说到青的读书，他觉得钦夸张了，他一向不喜欢这类夸张。彦每每听我们说这类"文艺腔"的话之后，总是不说什么，然后顾左右地问："你饭票用完了吗？借我两斤粮票。"

已经过了花甲之年的钦看到我上面写的，笑着说，现在看来，所谓哪本书或者哪个人的所谓震撼，可能都是荷尔蒙作祟呢！我说钦，你说的似乎没有不对，但确实不对。毕竟，荷尔蒙也选择这个人和这本书，而不是另一本书或另一个人啊。你的荷尔蒙毕竟属于你。钦似乎也同意，但她还说，毕竟，震撼这个词，已经远去。

彦要是在旁边，听了肯定笑——那种笑里有不屑，有讥讽，但决不会出言反对，而且那种笑里面无论有什么都不会丢了善意。我从来不和他谈这样的话题，但也从来不避着他，不嫌他听着烦，也不管他的嘲笑。他的笑，从来不影响我。

他好像一直都是一个旁观者，对，就是斜着身子站在那里。我们青春的每一场演出他都在场。

我要是提起锟和刚的故事，彦肯定也会说记得的。

锟的内心坚韧，几乎远远超过男人。那个年代，大学宿舍里只有双层床和一张只有四只脚的公用大桌子，我们既没有自己的柜子也没有自己的抽屉，没有任何放私人隐私的地方。比如日记本，几乎没有任何地方可放。书包差不多就是我们每一个人的全部家当。而锟的书包后贴袋的拉链上还有一把小锁。可见里面有她重要的东西，这东西首先肯定不是钱。她的书包里，有日记本。我的书包后贴袋里也放着日记本。她上的数学系，却写得一手好字，文学底子深厚，还有，她一直坚持写日记。我也坚持记日记。

　　可是有一天，她的书包被偷了。她的书包肯定不是被无关的人偷的，一定是某个爱上她的人或者与此有关的人，这点是显然的。仅此一点，仅仅是日记本被偷，就会让一个女生崩溃。设身处地，至少我是这样。更何况还有全部的课本和作业本，在那个年代，在最刻苦用功的数学系，无论怎样想象其重要性都不过分。哦，锟，我现在还暗暗钦佩，她竟平静坚定地度过了这件事，没有显出任何难过，也没有向任何人哭过，她只是买了新书包，买了新课本，不得了的是，在已经过去了半个学期的情况下，她补齐了整个上半学期的各科的所有作业和课堂笔记！这需要超级多的时间！需要无比的决心和毅力！锟后来成了国际知名的数学学者，该不是意料之外的事。锟用功的程度无与伦比，我们全都去看电影的时候，只有她会坐在教室里念书，要点在于，她不是书呆子啊，她是多么喜欢文学艺术！而关于丢失的日记本，也从没听锟再提过。按照如今定义的孤独指数，锟一定得分非常高。

　　那时候，男生刚，看来是爱上了锟（不过他肯定与那个偷书包的人无关）。锟，肯定不爱刚。但锟，肯定也喜欢刚，还喜欢被爱。也许，锟还多少有一点犹豫，对自己的喜欢抱着犹豫。今天想到锟，就会想到那首俄罗斯民歌《红莓花儿开》，更准确地说，是几乎每次唱起这首歌，就情不自禁地想：这是锟喜欢的歌。其实锟是不是喜欢它或者是不是最喜欢它，我不敢肯定。只是我印象中的锟是与这首歌合拍的。唱这首歌的女孩，比那少年要成熟，对，就是说锟比刚成熟。她不是不知道自己为什么心跳加速，可那少年"一点都不知道"，不知道她，也不知道自己，所以，他还是个少年，还不是大男人。我固执地相信，锟喜欢的男人，长得少相，眉目清秀，英俊又有才气，表情晴朗又清澈，还像维特一样，是个情种。她喜欢他们，却不依赖他们；所以她依恋他们，就像依恋一种美和一个漂亮的故事，那种白马王子式的故事。在那种故事里，痛苦虽然凄惨，却简单；爱情虽然伟大和美丽，却不复杂和缠绕。锟唱这首歌的时候，表情是大胆的，有一点放纵自己的味道（要知道，她从来对自己要求严格，从来矜持，并且很能掩饰自己的内心）。这首歌，泄露了她的心声，她用别人的歌，唱出了自己的愿望，她唱得很投入。一个人畅快心声地歌唱，别人听得出来。她也像歌里的女孩一样，沉浸在那种彷徨里。大声地唱出来，明白地表达这种犹豫，是在给自己信心吗？锟的眼睛在发光。因为锟念过很多书，知道喜欢一个比自己少性的男孩子，似乎并不怎么光荣。而唱歌的时候，却一点不羞于表达自己对这首歌的喜爱。我想那是因为，这首歌的词儿还有那么一点自嘲和幽默，所以我们尽可以用那直露的表白，潇洒又不害羞。然而锟是不会真的去爱刚的，或者说，她真的不爱刚。但她确实让刚陷进了虚幻。

毕业会餐的那天，刚喝了很多，可能是有点醉了，也可能是那些伤心终于涌上了心头。那个夏天的午后又突然下起了大雨，就像那些小说中写的那样：刚，只身冲进了大雨里。他觉得他醉了，要用雨水来让自己清醒；他觉得这样的行为，有点像维特，那种浪漫的伤心！我相信他的真诚，他不是要煽情，即便是对自己。我们都知道，他是为了锟，锟待他像姐姐，像老乡，像朋友，就是不像恋人。他是真痛苦了，却找不到形式表达。我后来读到过这样的词句：模仿激情。就想起刚的行为，但我知道这不准确，刚是模仿了激情的表达。心里的激情，是真的。最多是形式加剧了激情。

这在我看来有点令人难过的一幕，是彦轻描淡写地告诉我的，是我描深了这个场景，依着我的想象和意愿。对于锟，彦很不以为然，对于刻苦执着地追求某种什么的人，彦都不以为然。对刚，他则含着笑意轻轻说：傻孩子。而锟和刚之间，究竟是有过什么抑或其实什么也没有，其实没有人知道。毕业三十年之后，刚跟我谈起锟，特别又不特别，看得出他还关心她，他心上的那块疼，我就像看见了物质那样看见了，是一块疤痕。其实很可能，这块疤痕，不是在刚身上，而是在我心上。在锟和刚的故事里，我更心疼刚，大雨中的刚——我是在疼自己的暗恋；还有锟被偷的日记本——我曾经把自己的日记给一个男生看，那种感觉，就像在他面前赤身露体，给别人看日记，就是给他看你的灵魂——我不能想象这是一种什么样的痛苦。

我给他看日记的那个男生，就是我的暗恋对象，就是青。多年以后，我终于敢告诉钦了——因为青已经从钦那里退场。她说她当年就发现了。她说,彦也是心里一清二楚。但彦从不议论这件事。

大学里的爱情到处开花,却很少结果。比如青和钦,也终于分手。分手,首先是语言上的,但最终起作用的,却常常是真实的距离。钦和青,早已经说好、约定分手,然而,还是有一个分手的物质时刻,永在记忆里。它后来被钦写进了小说。

像往常一样,她和他在一起的时候,老有别人在场,他们俩的渴望是通过他对她持续的直视,和她躲闪的目光,以及只有他能看得见的她的颤抖来表达的。

那种目光其实只是持久了些,也可以说就是专注,就是不顾一切地,不停止地只对着你的眼睛,不管旁边的人在说什么和正发生什么事,也不顾别人是否注意到了他们。开始的时候,她觉得他很放肆,甚至是对她的不尊重,等到她有点喜欢他了,就把这种注视当成了重视和某种暗示,并且宁愿里面掺杂着性(这后一点,连她自己都无意识)。有时,她担心也许他并不真的喜欢自己,于是又发现那目光似乎坦然得没有一点意味。后来,等到他们有了肌肤的亲密,那目光就只是提醒她他们独处的情景,让她害羞,让她心跳加速。

今天,又是这样的目光,可她的全身像是上了一层蜡,她可能还在说话,但她自己不知道,她的眼睛已经只能想,不能看了。她好像在深渊里跟着什么滑动,身子沉沉地往下走,却一点都不担心,倒是愿意这么松着心随它往哪里掉。是的,多少年后,她说,欲望才叫你撕心裂肺,真的绝望触不痛你。

几分钟之前,她从别人不经意的谈话里,知道他真的要走了,十天之内就会彻底离开她和她所在的城市。她已经没有力气再在意他没有最先告诉她,会使她难堪。她知道他的走意味着她将再也找不到他、看不见他,和,去爱他。她爱他,他却不见得爱她,这样的状态有这样的结局,不会惊奇、不会挣扎,绝望一下子就来了。

她听见自己在和他们说话。然后大家决定去看电影。碰巧的是,今天只有他和她骑着自行车,于是兵分两路,别人坐公共汽车,他们骑自行车。于是他们两个单独在一起。夏天的晚上,天黑了,街上却仍然这么亮,这么热闹。人行道边的老树林上面一片漆黑,树干却被路灯照得剥落分明,很清晰的沧桑感;上面很黑,下面很亮,在亮处,甚至不知道天已经黑了,其实真的天黑了,上面黑极了;有匆匆的路人,却听不见声音。她不知道世界是从来没有这么真实过还是从来没有这么虚幻过。她没有一丝说话的愿望。世界在默默地行动,惊天动地,不会理睬你"无声"的"呐喊"。事实是,他们谁都没有说话。她知道,路很短,一会儿就要与那些坐电车的人会合了。她无所谓。也许,电影真的很好看。

就要到路口了,他却车头一转,停在了路边一辆卡车后边,她习惯性地跟着他停了车,还没放稳车子,就被他搂了过去。他很激动,很留恋。她想。她好像在旁边看着这一幕。她本来可能要哭出来的,可是没有。她曾经想跟他说一声,"你别走"，她知道说这种话不是为了有什么用，可这样说一说，她就能流出眼泪。她一直都没有这样说过。现在，他紧紧地搂着她，可她没有被唤起。她也不是平静，或者因为怨恨。没有，她只是觉得那深渊诱人，她想下去，待在绝望里是多么舒服啊。这时她听见他说："我已经决定，真的要走了，很快。"这不是新闻了，她已经知道了。她听见自己说："刚才他们已经告诉我了。"

后来电车到站了，他们来了。她才发现，别人又在场了。那个夏天的那个晚上，空气干燥极了，眼睛里冒火，身体里没有水，所以怎样也哭不出来。后来她才想起他的目光，里面的意味她再也没有力气理解了。

从此，她知道了，就是永别，也是后来的渲染，真来的时候，像天暗下来，说黑就黑了。

（引自钦的小说）

认识钦和青的人看到这一段，总是会唏嘘，会信以为真。我猜想，钦写下这些的时候一定已经步入中年，一定已经对黑暗的降临有了许多经验和感慨。而宝贵的，也许只是这段文字。我跟钦说，我们现在终于知道，爱是脆弱的，人只有在年轻的时候，才敢如此肆意挥霍，不怕痛苦，也不怕伤人。我们总是爱得不够，或者爱得过头，所以总是在伤害中。而等到经不起伤害，又意味着开始失去了爱的能力。悲观如我，被钦不屑。

钦没有给彦看过这段文字，那么动感情的文字，钦不好意思给彦看，因为彦一向不表达甚至不具有（？）剧烈的感情，无论是愤怒、痛苦还是同情、怜悯、高兴。在似乎该剧烈的时候，他的反应总是出乎意料。就像他从不疾步，也不伫立，而总是斜着身子站……

比如当钦兴奋地告诉彦她考取了研究生，彦的反应就像是反应不过来似的，过了几秒钟，才只是笑了笑。只是因为，他不想说祝贺你，不想说太棒了，也不想说请客啊。那样的话简直必然得不仅像没有说，甚至还不如不说更好，人们在你说出之前就已经听见了，所以其实人们根本也不听；这种反应就像嚼蜡一样无趣又无力，没有丝毫新意，简直令人厌恶。钦了解他的德性，对他的微笑很满意，她告诉他这个消息，并不是要听她已经从别人那里听到过好多遍的话，她知道，告诉他就是让他最高兴的，他的高兴就是微微一笑。

其实呢，只是因为彦的想象力过人，他总是提前看到了即将发生的谈话，那种千篇一律的毫无新意的，几乎可以一字不漏地能预料到的谈话，瞬间已经在他脑子里过了一遍，再在现实里过一遍，实在令人索然。很多话，人在讲之前就有预期，就没有例外地被预见到了。录取、得奖，在每一个这样的消息送到每一个朋友面前时，都有必然的问答，那个几乎一次不差地预料得到的回答，以至于会使得那回答显得有点假；大多数时候，人们都故意忽略这一点，因为即使被预料，也还是要说一说、听一听那赞扬和鼓励。但有的人受不了这个，强烈地意识到之后的一切，必然的一切，对预期的强烈意识会折磨他，他要么想说一点出乎意料的，要么说不出话。彦可能就是这类人。

往极端里说，一个有想象力的人，几乎肯定不会成为杀人犯。如果事先看到了出事之后的一切可能，就必然不会非要到了发生之后再来后悔。因此我们简直可以说，很多例犯罪的原因就是罪犯缺乏想象力。稍有想象力的人，对那种可以预见的答案和反应，必然的肯定与赞语、否定与愤怒，会索然，再没有愿望发言。那种极端有想象力的人，就看得更远，如果一切都露出水面，将会无法忍受，只有选择闭嘴。预先看到听到自己说出话来之后的反应，那情形就仿佛具备了对人体的透视功能。这种过度的想象力还有一个后果，它让你不断追求惊讶，追求不可预见，追求不同于预期的反应，以至于到最后你会像迷恋游戏一样迷恋上它，甚至成为一个永久的沉默者——貌似一个智者、一个深奥者。不过彦却肯定不是深奥者，他只不过太聪明而已。

在人群中看钦和青，曾经是爱情最美的演出。

无论在教室、餐厅还是图书馆，在钦和青都在的地方，钦（青）的一举一动，一瞥一眸，都追随着青（钦），只要青（钦）在，就会有钦（青）关注的眼睛和耳朵，钦和青都知道，对方一直都和自己在一起——你对事，对人，你的态度，你说的话，你的每一个动作、行为，都被她（他）看在眼里，听在心里。所以，你知道，你怎样做，就是在她（他）面前怎样做，你不由得高尚和生动，不由得谦逊和努力，甚至有一点做作。你怎么说，就是你想让她（他）听到的，就是你说给她（他）的，有她（他）在场，你才这么说，有她（他）关注，你做一切才有意义，有她（他）评判，你才知道怎样做。她和他，在场，就一直同时在场。

我无比羡慕地看过这样的演出，渴望自己也能有这样的经历。彦当然肯定不会忽略和错过这样的演出，但不知怎么，我觉得他不会像我一样羡慕。他真是很少羡慕和嫉妒，他只走他自己的路，不知是因为过度挨近了时间而忽略了时间，还是忽略了时间就忽略了时间中的剧情。

又想到潘，这样的演出，对潘意味着什么？

潘喜欢的，或者潘与之恋爱的是一个性格开朗得不得了的女孩，不喜读书，漂亮极了，对潘崇拜极了，潘说，我不喜欢女孩懂得太多，她都懂了，还要我干吗？！——这也真是一种理论，男人的理论。潘还喜欢逛街，比女人的兴致还高，不过潘并不娘娘腔，事实上，他很男人，对女生极端体贴，又勇于担当。他其实很懂那些所谓有文化的女人，懂得她们需要男人理解她们的渴望和苛刻。钦和青之间的进进退退，从暧昧到默契，又从亲密到疏远，他都看在眼里，所以，要说他们俩的爱情演出，他是一场都不会落下的。我相信，无论对钦还是青，潘都有着最深的了解和理解。他们的关系，潘最懂。但潘真正懂得的是，这样的关系，终究是歧途。这就是潘的成熟。

忘了说了，潘进学校的时候，已经三十三岁，而我，那时只有十七岁。潘早已结婚，并且有孩子在老家。但是，潘还是悄悄地恋爱了，和一个开朗的女生。他不隐瞒什么，他说他有家也有孩子，他说他们的关系不会有什么未来，但是如果两个人感觉好，就在一起吧，度过一段美好时光。在刚刚开放的年代，女生很能够听进去这样的话，何况潘的家远在天边，什么也影响不到他们。那个女生，就是静吧。其实，我见过好多静，静那样的女孩。潘会和静散步，走很长很长的路，他有很多稀奇古怪的戏剧化的经历，静特别爱听，某种意义上，静就这样慢慢长大了，终于"静"了下来。我不知道他们什么时候分了手，似乎彼此都没有什么伤痕留下。对静，反倒是人生一个有益的经验。很想知道，今天的静，会觉得那一段是真实的吗？——为什么会这样想，而不是想到静的感慨？也许是我认为潘从不感慨？总之我就是这样想，并且相信，如果现在潘走到静的面前，静一定是若无其事得像一个真正的老同学那样，问长问短，喜笑颜开。反倒是潘，可能会有那么一点点不适，不过依潘的老练，当然只会一闪而过。所谓历史，甚至刻骨铭心的，可能也会这样一闪而过去。我们要怎样做，才能对得起曾经做过的？才能让我们曾经用心付出的，在我们走过的生命的路上一直是一盏亮着的灯，只要回望，就会看见？

　　静和潘，都不是好感慨的人。他们是健忘的，他们是健康的，也会长寿。潘和彦，则是平行线，永不相交。

　　钦和青，却是另一种人。

　　钦告诉我，其实，她和青，相爱很短暂的时间之后，就宣告分手了（这分手，是远在钦笔下的那个分手的夜晚之前）。在宣告之后，钦和青，就是在不爱的大旗下了。但是，他们却一直做着关于爱的一切——这就是他们自己的罪过了，自己烙下的伤痕，这样的伤，因为每当要痊愈的时候就又被揭开，所以几乎永不弥合。不过今天听钦说出来，我就知道，时间这个无论怎么感谢都不过分的朋友，又一次帮了忙。钦终于坦然地说到青时，我就知道，青，退场了。但在钦的笔下，青却一再地出场，里面有太多钦的想象、钦的意志，青是在钦的印象中出场。青以青在钦的印象中存在。

而在我的梦里，青永远穿着那个时代的蓝色的中山装，二十岁，年轻时的模样。无论在之后，在又过去了三十年、四十年之后，我们见过了无数次面之后，我依然不能记住青现在的样子，记不住青三十岁的样子，四十岁的样子，记不住青五十岁的样子。青这个名字，永远意味着那一种样子，那个穿着蓝色中山装的年轻人，那个旧日年代里的人，那个带着天生的沉默力量的，那个赶着时髦却又无措自卑的男孩……无论见多少回面，一离开青，我就怎么也想不起来青的样子，我知道他老了，他胖了，他的头发白了，但这些都没用，都太抽象，就是想不起他的眼神，他的表情，记不住也想不起。所以，我的梦里，也从来没有过后来的青。青，虽然不断在我的梦里出现，在我后来三十岁、四十岁、五十岁的梦里，青都来过，但永远都是二十岁的青，永远都穿着那一件蓝色中山装。我醒来时常常会想，我究竟梦到的是谁？是那个叫作青的人吗？那个叫作青的人究竟长得什么样子，我不是刚刚见过他吗？他都五十岁了啊！他五十岁什么样？脑子里空空荡荡，一无形象。

自此，我知道了，那场暗恋终于结束，在青已经不再是青的时候，在青也不再是钦的青的时刻。而对钦来说，那场恋爱也终于谢幕，当青在钦的文字中出场的时候，就是青在钦那里退场的开始。

有时候也不禁想，我怎么从来没有爱上过彦呢？

对了，是敏说过的，敏说我既不适合青，也不适合彦。那么，也许可以解释说，不适合跟青有婚姻，不适合跟彦谈恋爱，所以都不适合——当我和敏年过花甲的时候如此笑说。

印象里挥之不去的暗影，倒是跟敏有关。敏原本是美丽优雅的，她的父母是教授，她有比我们所有人都深厚的古文底子，她还会拉小提琴（那个时候，可是很少有人会乐器，哪里像现在），她的衣服的样式，都是和我们不一样的，是上海货。她不仅是我们女生的偶像，也是男生的，但不一定也是彦的。可是有一天，我听到了惊人的消息，敏竟然怀孕了。在20世纪80年代的大学里，这是可怕的。

敏不敢让老师知道不敢让家长知道不敢让任何别人知道，利用周末，我陪着她去了一家县城卫生院，在那里托了熟人做了人流。那个卫生院，跟电影里的一模一样，简陋，黯淡，做手术的大夫，一边大动作地舞弄着金属器械，粗手粗脚，仿佛面对的不是一个年轻柔弱的女人，一边嘴里说着不堪的闲话，使那疼痛更加剧烈、屈辱，更加残忍。我害怕得紧紧抱着敏的头，企图安抚她。那一幕，使我一直对不能实现生育的怀孕深深恐惧。后来，敏竟真的因为那疼痛株连到对生育的恐惧，终于没有生孩子。

我从来没有把敏的故事讲给彦听，我能想象，他的反应很可能是："要是那个孩子生下来，肯定是男孩，而且个头一定高。"文不对题似乎是他的本能。

今天，看到敏夫妇成功的人生，敏依然婀娜的身姿，挨着和蔼的丈夫，我的脑子里却一幕一幕地闪现着昏暗的县城车站，像在竭力重温着不堪的疼痛。又不禁想，那个情景，究竟是否真的有过，抑或是看过的电影画面的衔接？然而我清楚地记得，敏后来的丈夫并不是当年的责任人。其实敏，从来没有跟那个人说过打胎的经过。她只是找了女朋友，女朋友找了熟人，就顺利地掩人耳目了。

她不想影响那个人的家庭，不愿意影响他的事业前途。这种想法在某一类女人的脑子里是天经地义的，绝不是出于道德的要求，甚至也不是出于爱情。她们只是天然地以男人为重。其他的选择，比如报复或者纠缠，敏这样的女人，想也没有想过。回省城的夜车上，其实血流不止，可她第二天照样去参加了周末的研究生报考补习，半天课下来，筋疲力尽。我猜想，必然是筋疲力尽，不然是什么样？！——其实这些她自己都忘了，多少年后，她曾经跟我说，这件事在她的记忆里没有疼痛，没有怨气，没有屈辱，只是事实而已，就像没有发生过，完全触摸不到。那件事的存在，或者说那个人的存在，是以名字作为证据的，抑或，还有一条围巾。

那个人送给敏的那条围巾，在我们当年看来是多么漂亮啊！柔软、飘逸，又是温厚的，奶白的颜色在敏的脖颈、胸前衬着敏的青春的纯洁和魅力，引出了我们对爱情的向往。我们都背得出舒婷的那几句诗："虽然再没有人用肩膀/挡住呼啸的风/以冻僵的手指/为我披好白色的围巾"。那浪漫的悲情，可能正是我们爱情的宿命。围巾这个词是阴性的，唯女人专有。她不是服装，不会堕落为庸俗；她在我们的穿戴中不是必要的，所以她就可能是语言、是风格；她的图案和色彩可以远远超出衣服而极端和夸张，不管是向朴素还是艳丽的方向；围巾的价格可以极其低廉，也可以昂贵到天，却不显贫瘠或奢侈；她有切肤的温暖，又是纯粹的装饰；她是女人的情趣和变化的心绪，是爱情的道具和最初的保障，女人以为自己会因此而飘逸、美丽，或者勇敢、自信。她当然几乎总是成为纪念物和某种象征。但是敏说，那条围巾早已不见踪影。在我看来，真正的原因就是她从未真正爱上过他。这说明无论怎样的物质（肉体）痕迹都不是爱情的证明，爱情，必须同时具备发生过的精神的激情，欲望必是携着肉体的精神欲望。

彦仍旧不屑于我的结论，他会说："啥叫真正？那真正的真正是什么？"在他那里，事实就是原因。一旦结婚，就意味着爱情，不区分"真正"与非真正。而围巾这样的意象，与彦毫不相干。不仅因为他是男人，不仅因为对男人来说围巾是实用的，最多沾一点雍容或者腐朽。在彦看来，那"呼啸的风"的诱惑，引来的是固执的期待和沉溺，有太多做作和模仿的嫌疑。彦是实际的，脖子不冷，就不需要围巾。

有时真觉得他太没有情趣，太被动了，简直就是一个随波逐流的人。

真的有一件"随波逐流"的小事。有一次他骑车去看电影，看到前面一个骑车人的自行车后座上放了一本书，没有用后车座上的夹子夹住，而是就这么搁在上面，车子前行的每一次颠簸，都有可能把那本书震下来。他怎么做呢？他没有去提醒那个骑车人，也不是看过就忽略，走自己的路，而是放慢自己的车速，跟在这个骑车人的后面，就好像是替他看着这本书，"防止"它掉下来，或者是等着它掉下来，那个人拐弯，他也拐弯，就这么跟着那个后座搁着书的骑车人，一直跟到那个骑车人到了胡同里的一个院门口——而那本书竟然始终没有被颠簸下来，看着那个人下车——这人竟然没有忘记后座上的那本书——进了院门。他才掉转车头，加速往电影院的方向骑去。

这就是彦。这究竟是哪一种趣味？他是太闲了吗？他是一个善于发现的人，还是一个敢于等待的人？——这些都"抬高"了他，其实就是因为他看不见时间。

　　类似的事情他可能还做过不少，我只是知道，他从来也没有因为干这种事而迟到或者耽误什么。就是说他虽然随着波浪漂流，却从来也不会漂到孤岛上，而是始终沿着大陆的岸边。

　　就是他，拉着时间的幕布，徐徐展开，在演出中穿梭来去。我的记忆和印象里到处都有他的身影和声音。三十年过去，我们终于把过去走成了电影，把经历变成了戏剧。

　　和我真实地一起度过四年大学生活的同学，如果读到以上文字，一定会懵懂，认不出这个，也认不出那个，更认不出叙述者——我。我很可能早就把事实变成了印象，抑或是把印象当成了事实，有时按照印象而不是事实，有时又按照逻辑而不是事实。重要的不再是事件的主角究竟是谁，而是那个情景那个意象那个臆想是不是进入了我的记忆，成为我的印象的一部分，所谓"记忆已经黯然失色，而印象是我'鲜活的生命'"（史铁生《给柳青》）。在记忆里，时间和空间，他和她，他们和她们，自由随机地连接、重叠、混淆，成为每个生命自己的印象，成为那个生命的一部分，成为那个生命。

　　就像编出了彦。彦，也许根本查无此人，只是我的印象的创造，我觉得，印象里就是有这么一个人，这般那样的，伴随着我，在各种发生中存在。我在想起各种往事的时候，总是有彦远远在一旁的影子，所以我就跟着彦的走动，去回看。有时企图用他的目光看，有时又看着他的目光。有时，仿佛看见他就是那个曾经穿着绿军装的大学同学——不管他之后又穿过多少新时代的衣裳；有时又觉得他是我臆想出来的一种类型人物——不是理想人物，而是典型人物。这种人不是要找到，而是要想到，不是要学，而是要存在——在文本中存在或许是最好的方式。

还比如潘。其实潘的存在，仅仅是一个目光。但是目光后面必然有一个人，那个人，一定就是我印象里的潘。

珍贵的是细节，细节很可能是真的。经历过的人会发现。但我相信读出来的人可能也不说，只是在心里有一点悸动，甚至仅仅是一瞬间。但那就是回声，这时候，印象又一次落定，进入了发现者的生命。

"我"的暗恋也终于还是要曝光一下才算了结，才算存在。在空间里，暗恋没有丝毫痕迹，却必定占据"我"的印象主厅。

那么我是谁，如果着墨最多的是我，那我就是钦，着墨最少的是我，那我就是静，最不像自己的反倒是自己，那么是锟，抑或我把自己的阴影藏在敏的痛苦里了……而彦，则可能是那个始终看到我的人。"我"被混淆在这几个人的故事里面，已经找不到，或者他们都是我的影子，因为他们都是我的印象。印象也是印象者的意愿？印象的真实，只在于印象者，印象的意义，也只在于印象者吗？

有人写过一个悖论："我是我的印象的一部分，我的全部印象才是我。"（史铁生《务虚笔记》）其中的一层意思是，没有什么是我，世界给我的印象组成了我，塑造了我。每一个印象都是我，我也是每一个印象。那么，这些片段，不管是不是发生过，也不管是不是发生在我身上，因为它们是我的印象，它们就是我的一部分。不管是我意愿了它们，还是它们成就了我，都一样。于是，印象被记下，就像生命被叙述。

今后，印象也许还将"成长"，被后来的发生和思绪叠加、改变。那也是"我"的漫长之路，因为我的全部印象才是我。为此，要留下这几帧印象，免得后来被洗淡、变色。

其实彦，是真实存在的，我甚至可以指出他的真实名字——虽然我已经几乎让你面目全非，对不起，彦。

其实彦，有时在场，有时不在。有时大家都忽略了他，因为他很少积极，很少参与，常常，他总是在旁边等——等时间过来，等事件结束，等眼泪流干、微笑泛起，等人群散去，等恋人分手，等结婚的喜讯传来。那么彦，就好像时间？

彦不是等时间慢慢过来，而是根本忽略时间，所以只有当时间提醒他的时候（其实是外界，是那个不忽略时间的世界），时间才存在。情形就像，他在等时间过来。不是因为他有耐心，而是因为他从不刻意在那里等，不等，一切就等来了……即使等到时间告诉他：他已经过了中年，他有了白头发，别人也跟他一样退休了……他也只是不吭声地听着，知道时间过来了……之后依然埋头走他那没有时间的路。结果那条路上，时间赫然在路边；而不像我们，我们总是要做主角，时间只是我们的图注。这样的彦，该是有过的。

2003—2017

2017.8.2改订

一

练习死亡

最好不要等到没有时间了,最好不要等到大限来临,所有的钦和青们,所有的你们,你们闲暇时,就要学着慢慢回想,用力回想,直到想起那个起点,那个儿时午后的第一次失望(参见史铁生《务虚笔记》),那个夜晚的第一次秘密倾诉,想起母亲,想起恋人,第一次感动和第一次心跳,第一次自省,那些波澜壮阔的源头,那些激荡心灵的最初涟漪……

一

乞力马扎罗的雪，第一次读过之后，与其说是记住了这个小说标题的发音——可以流利诵出篇名，不如说这几个汉字总是随即清晰在眼前，绝不会用另一个同音字换掉其中某一个。乞，是标志性地与众不同的，除了乞丐，大约极少其他篇名会以这个字打头，深刻的记忆肯定由这个字起头。乞力，不妨解作乞丐之力，似竭尽全力，但又无能为力，似虽乞犹荣，又其实是绝望一跃。马扎罗，可以连起来，三个音节几乎必然连续发出，一个地名或者一个男人的名字——可其实乞力马扎罗才是。马，一种向前的姿势，大多数的时候是奔腾，也有时是稳稳地、默默地，以优雅的碎步。扎，联想到深挖、深深的根以至于深刻，还有力。罗，不知为什么，有一种消瘦的男人的感觉，于是这里有男人。雪，是冷，是美。某处之雪——必然是不同寻常之处或发生不同寻常之事之处。乞力马扎罗——的雪，一个有男人之力的地方的冷与美。

用一个译名来这样子说，太不恰当，因为不是凭空而创造，而是来自原有的英文发音。但无奈真实的经验如此。一个从中文读到此文此意的读者只能如此。

开篇介绍了乞力马扎罗山,非洲最高的山。常年积雪,却有豹子行迹,豹子为什么去这必死之地,无人知晓。男女主人翁,也来到此,寻找什么呢,文里始终也没有说。人寻找的东西与动物不同,不仅为吃与行、冷与暖。

从最后的结局来看,这个男人到这里来可能是为了回顾一生,这样的解释最有诗意。金合欢硕大的树荫,男人和女人,受伤的战士和陪伴的女人。男人说着男人才会说的话,也许只是自己跟自己说;女人说着女人的话,虽没有诗意但真心实意。男人平日里肯定不是野马脱缰,就是闭门写书,从不与女人说这么多话。金合欢树荫宽大,周围一望无际,下一棵金合欢现在男人已无法用自己的腿走到。受伤的男人睡在户外的吊床上,等着救援的飞机来,再不来就要丧命了。

热,但是金合欢的树荫下正适合聊天。

女人的话总是那些正确的陈词滥调:别做胆小鬼,别自暴自弃,你不会死。(但死,怎么能不会呢,只有死,才总是会,必然会。)

男人显得潇洒:我教会了你打枪,这会儿枪法准了,肯定能一枪打死我。

你爱我吗?她总是要确认,他是不是爱她。女人差不多都是如此,岂不知这个是最难的。如果还要确认为什么爱以及为什么不爱,就更难。他觉得这些个词太大、太严肃,对他不合适。就总是敷衍她。但这一回,男人随着放松的思绪,直接说了不爱:我想我不爱你，我从来没有爱过你。这是真话，他自己也不知道他爱过谁，他也没爱过自己，这会儿的回忆可能是他最爱自己的时刻，就像他"原本打算写些东西，想等到他完全熟悉这些东西之后再写……"这些东西里面，很可能就有关于爱的。

"我想我不爱你。我从来没有爱过你"，这种话，是可以当着正与你共患难的女人说的吗？有哪一种男人可以这样说，并且在这样说了之后安然无恙？甚至在这样说时，女人却更加爱他？或者反过来说，有一种女人没准就专爱这样的男人——不爱自己的男人？真保不齐有这样的女人。

他想到，其实从她来到他身边的时候他就已经完蛋了。他贪恋安逸，好吃懒做，意志衰退，每天都不写一个字……但是他其实仍旧想写的，他想作为一个明白人来写写这个国家，他来过的、去过的，又离开的国家。他还想通过这次旅行回归自己的写作——但后来证明这是一个幻觉，确实如他自己想到过的，从她来到他身边的时候他就已经完蛋了。不是她使他完蛋，而是她来得不是时候，为什么等他快要完蛋了才来。不过这是她的命，她的命线，必然要经过他的死亡点。

她这会儿去打猎了，为了给他弄一些兽肉来，为了不打扰他的清净还专门跑到他视线之外的地方去打。也许女人皆如此，好女人皆如此。

她使他想起了他一生中的其他女人，第一个情妇，曾为其大打出手的女人，还有妻子，以及粗俗的女人，读书的女人，有钱的女人，更有钱的女人……全都涌上心头，他真的爱过她们吗？

他的命将结束在这里，这一点他心知肚明。两周前一个荆棘划破他的膝盖，本来及时消毒就会无恙。但是上帝是借此来收他的，这点小伤必然酿成现在的烂摊子，随风而来的伤口的邪恶气息，伴着远处鬣狗的呜咽吠声，使空虚之风带着一股邪气。

他真的爱过她们吗？每当他对一个女人的思念正疯狂的时候，总是会有另一个女人不期而入打断他的思念。就是因为上了床吗？上床有什么可写的。之后的事实是，打断了就是断了，不会再续上。新的女人之旅再次开启。也许可写的，或者有血肉的是吵架，他总是跟女人吵架，爱得越深就吵得越凶——那么，他果真是爱过女人的，吵得最凶的那个就是？

为什么总是女人，其实他这个男人一向更不看重女人，他看重的是比如他喜爱的巴黎，还有各处的雪：保加利亚群山上的积雪；高尔塔尔的圣诞大雪曾经把逃兵的脚印覆盖得无影无踪；还有那次在施伦茨的伟大的滑雪，风驰电掣像飞鸟般倏忽从天而降——那一次的经验永远都忘不了。可这些他都没有写过。还有他曾经亲手杀死过人啊，这该是值得写写的吧，又有多少人有过这样的经历呢，然而他就是没有写，还没有写过——人总是要到这时候才发现还没有写过呢，一切都还没有写过。

他看着守在他身边的她，这个陪伴他到死的女人，却想，如果我还能写，还会活，我绝不会写到她，虽然她有美丽的双乳，和派得上用场的大腿……他甚至绝不会写到任何一个女人，她们中的任何一个都不会写。

他总是和男人一起打猎、打架、打仗，或者赌博、逃亡，以及钓鱼或者整整一天在种满罂粟花的田野里穿行，与之不相称的是，他还在小房间里独自写作。正是写作，才让他此时思绪袅袅，为什么那些生命里跌宕起伏的故事，只在一个地方发生的故事，就至少还有二十个没有写？为什么？写下来才是真的吗？否则就被死一笔勾销了——否则为什么这会儿他老在想都什么还没有写过呢！

"你去告诉他们为什么"，他在梦和醒的恍惚中喃喃道。坐在旁边的她听不懂。那么他究竟对谁说了"你"？他其实是情不自禁地用了"你"，因为你总要面对一个人说，对面的那一个，如果无法是她，就只能是"你"，抽象的你，可以倾诉和理解一切的你，那个"更好的同伴"，可惜，关于同伴，哈里只是略微想了一下，就放弃了。哈里总是，从一个雪山到一个森林，从一辆出租车到一架飞机，从赌桌到妓院，匆匆忙忙。一生如白驹过隙，来不及观看，来不及写下。来不及确定一个说话的"你"。

我把一切都毁了。没有时间了。他想。

时间只有在没有的时候才会被感觉到。

如果死神来得太快，一把拽住了你，你可能还没有感觉到时间的存在就死去了，得着一个没有结尾的人生。时间流逝到最后一刻，会越来越慢还是越来越快？那些还没有写的往事是一帧一帧滑过还是瞬间同时呈现？真想知道啊，哈里，为什么没说说这个？

篝火映在她的脸上，她困了也是那么动人。这个陪伴他的女人无疑是爱他的，在他断断续续的思绪里确实也有她，他还真的回顾了她是如何一步一步走向他的：自从她的一个孩子死去之后，她就不再需要情人了，甚至也不需要酒精了。她是不是也不想被毁掉？她不仅是害怕孤独，她还想找一个心存敬意的人，她是想重新开始生活的。她哪里知道，当她来到他身边的时候，他已经被他自己毁掉了。这个，关于毁掉，他刚才因为自己就想到了，现在又因为她想到了一次。他知道她愿意去做他想做的一切。到头来，其实没有比这个更好的了。但当他对她说：我亲爱的，我爱你，真的爱你。我从来没有像爱你那样爱过任何别人。——他还是知道那是谎言，说这样的谎言他很习惯。问题是他的谎言总是得计，女人就是喜欢信这个。他这么想着，也知道自己已经没有爱了。

哈里的脑子里就这样絮絮绕绕。我们不由得要说，他以前真是一条汉子，现在又像一个诗人，认真感慨着人生，这样的男人或许是可以去爱的。但是他不爱女人（或者说从不以女人喜欢的方式爱女人，那就等于没有女人感觉到被他爱过）；但是他就要死了，一切都不再可能。

我很大程度上是为了她的钱，他对自己说，多么卑鄙。他没说给旁边的女人听，但他此时的思绪里，这一点非常明确。他想，其实这倒值得写一写，一个很重要的主题，关于金钱，关于感情和金钱，关于这个他有太多心得。曾经毁在这事上的，何止他。但他没有写过，今后，不管是不是仍旧不想写，也没法子写了。他就要死了。他对自己说：你已经把一切都毁了。没有时间了。

他对她说，他不想留下什么东西，不再有想法了。可不可以认为，这意味着他对死做好了准备？退却权在自己，自己一退却，死神就无所顾忌了。

一边感觉自己就要死了，不禁想起了一辈子干过的一切，一边又松下心来，好了，再也不用吵架了，不跟女人吵架，当然也不跟男人斗殴了。天气很晴朗，不会下雨，飞机也不来。就这样吧，就这样。此时哈里或许很舒适，就像那句话说的：放下了。如果一个人毫不在意一切，就能够战胜一切。他觉得，他就是那样的人。

但疼痛是没法不在意的，它就在那里，死硬地在那里，疼得你筋疲力尽。投弹军官威廉逊的惨疼他始终忘不了，你不开枪打死他，就会一直疼到疼死。不在意死神倒是更容易些。可是死，常常带着疼痛，这才是真正教人害怕的。

我说，如果死带着疼痛，我就不称它为神。

要是想象哈里的样子，那么我说，完全可以把哈里想象成电影《走出非洲》里的男主角邓尼斯，英俊黝黑，高大勇武，一个远方的勇敢者，对了，邓尼斯不就是死于飞翔吗？一架真正的飞机载着他飞向死亡，也是在非洲，甚至，邓尼斯也有一个女人。简直完全可以看作和哈里一模一样。只是邓尼斯的思绪我们一无所知，邓尼斯的死神太决然。

哈里的死神则不那么急匆匆，充满了善意和耐心。

我听巫婆们说过，说是死神来的时刻就像土狼来了，趴在你身上，你觉得重重的，却摸不着看不见它的形状，但它确实在，你要对它说让它走开，你仿佛拍拍它也行，你告诉它时候未到，还有的时候是它弄错了名字或时辰，你就再告诉它一遍你不是它今天要找的人，它明白过来，就会倏忽离去。

但如果像哈里，像今天，此刻在乞力马扎罗山上，死神很清醒，哈里无疑就是它要找的人。它向他步步逼近，把全部重量压到他的胸口，压得他无法动弹，压得他透不过气……当仆人们抬起他的帆布床的时候，他胸口的重压又忽然消失。看来今天死神它亦步亦趋，进进退退，乐趣十足。一会儿吹得烛光摇曳，一会儿又让烈焰升腾，一会儿就像渐渐进入梦乡，一会儿又像慢慢从梦中醒来，不是留恋梦就是留恋醒，但两者毫无界限，甚至逻辑一致。不信吗？只要想想你可以一边做梦一边与醒者对答流利，就信了。那样的经验可能可以视为练习死亡。现在的哈里，宛如一会儿活过来，一会儿死过去。如果终于露出破绽，就是其中一种力量大起来了，就是火焰终于大燃起来了，梦终究是真的做起来了，神的情节一环扣着一环，严丝合缝，让你无处醒来。

想到开篇，如果说豹子的动机深奥莫测，哈里的则一目了然，乞力马扎罗山无疑是他的死亡之地，低声细语之地，告别之地，虚无之地。

携着终于让自己静下来的女人，一起赴一处雄伟之地，金合欢灿烂无垠，土狼在虚空的边缘徘徊，女人和雪，一生的故事犹暗尤明，在梦境和现实里来来往往，渐渐，终于回到最终的梦乡。还有什么比这样的死亡更浪漫。无论怎样的感慨都会静下来再静下来，变成轻轻的感激，在云中俯瞰，一切都在变小，变成小圆点，变成平原，然后，忽而又升腾起来，眼前似雪团飞舞，那很可能就是乞力马扎罗的山巅，那白得令人难以置信的宏伟的——山巅。由此可以肯定，哈里死于一个飞翔之梦。乞力马扎罗的山巅之上，一个男人的灵魂终获自由。

叙述者海明威事先就知道了哈里必死，这次是真的了，海明威知道总有一天他会真的死去，哈里的确定感终究会出现在自己身上。他真实地模仿到了死之前——至少在我们未死过的人看来如此，只有确真无疑的必死感受才能带来哈里那种平稳的视线。往事才能如此这般地回放，身为一个作家，当然会有这样的问题，为什么这些往事我竟没有写过？那么，究竟该写什么？曾经写过的，是值得写的吗？还是现在——临死——浮现的一切才是真正该写的？一个人怎样感觉到死之前呢？难道这小说不是哈里在他死之后写的吗？难道不是在死之后才能知道死之前吗？

因为重温知道结局，还知道结局之后的下一个开始。所以静静等候，细细观察，看看那时候自己忽略了什么，有什么眼神和动作被错过了，这时的眼光或会更明亮锐利而捕捉到不曾捕捉的？即使那结局糟得一塌糊涂，你知道后来，你就没有恐惧。你知道后来，就迎来了死。

哈里肯定有预感，明显的预感。但我们知道，到那个时候就一切都来不及了，预感从不会来得太早。不是我们每一个人都会有一个海明威替你写下你临死的思绪。哈里是幸运的。

我想躺在吊床上，那吊床得挨着金合欢，我想遥望，那视野里得有乞力马扎罗的山巅；我想守着我的爱人，说说我的每一个故事；还没有说尽呢，故事太多，忧郁从没有这样温柔，你在听吗，我的爱人？即使我不爱你，我也要向你说，你是我身边的生命，是我生命的告别。

我想在旷野里死去，我想在飞翔中踩着梦的节奏，是梦朦胧了曾经的故事还是故事篡改了梦，我不知道，但我在眩晕中徜徉自在，云游四方，跟着梦，追着死。一切都平稳，一切都美好，一切都无声、无垠、无边，我想在旷野里死去。

那旷野看出去一望无际，没有人烟，只有金合欢们遥遥相望，浸染着梦，混淆着生死之界，那喃喃叙说，会带着走向终结的感慨之力，渗进属于合欢们的泥土，进入合欢的根系。

哈里，你如愿如梦，如梦如愿。

二

如果以死的名义感慨，那么该说说《悲惨世界》吧，青想。

男生青，在遇见了女生钦之后，终于像说出秘密似的说出了他对《悲惨世界》的喜爱。大家都说冉阿让多么高尚，多么难以企及，他却觉得，那不都该是理所当然吗，如果他遭遇了冉阿让一样的情形，他必然也这么去做，他觉得世界就是这样的，他也会说那个烛台是他送给小偷的，他肯定会这样说；他也将有自己的珂赛特,虽然他那时还没满二十岁,他觉得,老冉阿让和小珂赛特的情感他是那么熟悉,就像曾发生在他自己的前世。那句著名的话,比大海还要宽阔的是人的心灵,说得多么好啊,真的就是这样的啊!比起他干过的蠢事和坏事,这些,反倒显得才是他自己最大的秘密。以前他没有跟任何人说过这些。

记得小时候,有一次他帮邻居搬家,不小心划破了手,他一声都没有吭,只是悄悄地把流血的手放进口袋里,不让别人发现。而且后来,既没有告诉爸爸妈妈,也没有跟任何人说过这件事。在读了《悲惨世界》之后,他想起了这件小事,还说给了钦。

老冉阿让那种神圣的虔诚和博大的谦卑给了他莫大的享受,他不知道为什么。他就是喜欢不断地读这本书,享受那种极端的虔诚极端的谦卑极端的善良极端的温情,也许,是极端吸引了他,如果说什么是浪漫主义,后来他说,就是把一种情感说到假的程度,却还以为是真的,不,认为确实是真的。因为真的是真的。

但是他没有说出来过,他的那些浑小子伙伴,肯定会嘲笑他,笑他假模假式,笑他天真,笑他狂妄,笑他可笑。或者甚至,他们根本不知道冉阿让是谁,就算他们后来都看了电影《悲惨世界》,也不会有什么感觉,那个世界与他们无关。

但是他说给了钦。

第一次读这本书的时候他是欣喜若狂的,就像找到了他一直在找的、早就属于他的东西,世界难道不该就是这个样子的吗!后来每一次看电影或者小说,都教他有一种洗礼般的沉浸。就像在自己的世界里待一会儿,纯粹的,静谧的,神圣的世界。这些,青也只说给了钦。

等到离婚后多年,一次钦意外地收到了青写来的一封信。信里只是说,昨天晚上在酒店里看了《悲惨世界》——好多年没再看过了。是像久违的青春,还是想起了与钦的往事——青没有这样说。之所以要写信,是因为他觉得他不能用电话说——说不出口,显得夸张;是因为他们走散太久了,已经无法说这样的话。写短信更不合适。可他实在想说出来,说给她。就选择了写信,看起来写信是最合适的。真正拿起笔来——其实他都没有笔了,太少用得着,更没有信纸和信封,专门去酒店大堂里找了来。等真正拿起笔来,又不知道怎么写,写下昨晚看了《悲惨世界》一句话,就写不下去了,该写什么呢?感动?用感动肯定不恰当;重温旧梦,有点对,可是现在不能这么说。可就是心里有一种感慨似的东西,非要说出来。他没有克制住自己。

现在,青已经老了,他知道自己肯定没有像年轻时自己希望的那样,变成一个像冉阿让那样的老者,嗯,一个善良憨厚却坚固有力的老头!他暗暗苦笑,他走得太远了,以至于走不回去;他已经忘记冉阿让太久了,还有,不知道在哪一刻,他已经把钦弄丢了。要是钦依然在身边,那么他多想再与钦一起看一次《悲惨世界》,看完之后,再一次热切地、献身般地做爱。那仅有的几场大动干戈他依然记忆犹新,每一次的《悲惨世界》,都是高峰,怎么会与做爱毫不相干呢?!那是他们最初谈的,那是他们如此看重的,那是以最大的诚实谈论的——要知道,那是在袒露心灵啊!也许无法确定究竟是心灵激发了身体还是身体激发了心灵,但终究是一种透彻到另一种透彻,一种激情到另一种激情,两种热望息息相关。纯洁的,献身般的感觉必须是袒露一切啊!

如果说初恋有起点,那必始于他说出热爱冉阿让的那一刻。

青不禁喃喃道:钦,你还记得我跟你说过的这些吗?

现在,青很可能大限在即。

这些事,好像很远很远了,好像发生在这一生开始的地方。那么开始,总是要在最后才被唤起?我们究竟是从哪一刻开始的呢,是从第一次哭喊,第一次失望,还是第一次倾诉和第一次羞愧……

三

死亡就像一个缝隙,一般不会打开。因为我们都有自己的盾牌。

你的日常焦虑就是你的盾牌。我们在担忧、操心、爱恋、想念、恐惧、愤怒、期待中忙碌着,充实地度过着。我们不审视,也无法想,因此我们不会被"死亡"侵入,死亡的缝隙从不打开,只会一下子彻底张开、降临,如果迅速,我们就糊涂地进入死亡,如果缓慢,我们就可能在恐惧中进入——但我们从不进入那缝隙。只有"想"可能会使我们进入缝隙,谁说过的:开始想,就是开始被毁。是的,就是进—出—生—死。

就是谈论死亡。然而并不一定被毁。

柏拉图的《斐多》就是一篇谈论死亡的作品,照刘小枫的说法,也可以看作一部回忆苏格拉底的中篇小说,记叙的是苏格拉底离开人世之前的最后一天,在雅典的监狱里,苏格拉底和几个学生就死和灵魂问题,说了好久。

一个被判处死刑的人的最大优势是清楚地知道自己的死亡时间,苏格拉底就是这样,他知道自己的"临死"时刻。在那个"最后一天",苏格拉底的几个学生和朋友一大早就去了监狱,看见苏格拉底刚刚被去掉锁链,他的妻子和小儿子也在,面对又哭又捶胸的老婆孩子,苏格拉底吩咐人把他们带回家去。然后,苏格拉底一边揉着解缚了的腿,一边开始跟朋友们谈起了关于"快乐"的话题,谈起了诗和智慧……谈起了死……

这个"临死"的场面让人感慨,一个是看不出苏格拉底的悲伤或者恐惧,一个是他竟赶走了老婆孩子,不是与亲人而是和朋友们在一起度过了最后的生命时间。有的人说,这说明了对有些人来说,亲人和朋友说不上哪个更亲,"不同的灵魂会有不同的感觉",或者有的人认为是因为苏格拉底和那帮朋友要谈论的问题太深奥太严肃,老婆孩子听不懂也不该听。我却想,如果说死亡的一个最重要的意味是肉体的分离,如果说苏格拉底经由自己的思辨企图超越的就是死的肉体性、物质性,那么最可能被死的物质性伤及的肯定更会是亲人,最可能被苏格拉底的关于死的灵魂不朽说说服的肯定更会是朋友——那些曾经一起思辨的爱智慧的人。苏格拉底的做法一方面说明他对智慧的爱欲达到了一个常人无法达到的高度，另一方面可能说明他也需要老婆孩子的不在场来克服死的物质性、死的不可避免的悲痛。

苏格拉底说，对一个太阳落山了就要去那边的人来说，最适合的话题是考察去那边的远行，看看这趟远行究竟是怎么回事。苏格拉底认为，"一个真正在热爱智慧中度过一生的人有理由向往有信心去死，并且满怀期盼，一旦终了之后，在那边会获取最大的好东西"[1]。这里的重点是热爱智慧，只有热爱智慧的人才会有可能"有信心去死"，才有可能"获取最大的好东西"。那么怎样才是热爱智慧？热爱智慧的人什么样子？苏格拉底和他的朋友们讨论出来是，热爱智慧，就是学习死，学习处于死的状态。

这听起来有些过分，简直等于否定了生。他们的解释是这样的，他们说，有一种叫作灵魂的东西，它能够完美地思考——智慧就是这样获得的。但是灵魂有一个弱点，它附着在身体上，并且身体老是会干扰灵魂，使得灵魂无法获得真知灼见。所以我们如果想用灵魂本身去观看事情本身，完美地思考，就必须摆脱身体，尽量脱离身体的需要和快乐。根据这样的说法，只有当我们尽量地摆脱掉身体——去死，以至于最终摆脱掉了身体——死去，我们才能获得真正的智慧。

如果接受上述猜想，就可能同意这样的说法：热爱智慧，就是

1.引自柏拉图《斐多》。刘小枫译文，以下凡引文皆同此。

践行去死和在死。所谓去死和在死，不是真的寻死，而是尽量充分地让灵魂存在，让灵魂引导肉身，当然，这里该是指好的灵魂。也可以说，为了获得智慧，爱智慧者愿意付出死的代价。就是说，人对精神的追求，其脱离肉身的程度，竟可能到死的程度——不仅因为相信死后的灵魂能够获得更好的真知灼见，而且在活着的时候追求智慧的"乐趣"也大到足以克服身体的欲望。

于是，对一个热爱智慧超过一切的人来说，当死将要来临时，不可能不高兴。否则就荒谬了。对这些爱智慧的人来说，当死来临时，他们更不会害怕、恐惧——最后一天苏格拉底自己的亲身表现就是明证。

其实仔细抠逻辑，柏拉图的苏格拉底的逻辑有不少地方是有问题的，步步相扣的对话有不少地方有偷换概念的嫌疑。而且，关于灵魂的定义也很不完备，比如灵魂既能够完美地思考，又其实有差异，甚至有坏灵魂，那坏的灵魂跟身体的关系又是怎样的？灵魂的好坏是自己选的还是命定的？经过努力可以从不好、不太好向好转变吗？

然而我们依然倾向于相信有灵魂这回事，相信好的灵魂尽量地脱离肉体的羁绊就能更好地追求更高的智慧。重要的是，连苏格拉底自己也是，与其说是证明，不如说是他热衷于让他自己以为他的说法是对的。他的聪明在于，他说要是他的说法碰巧真实——他说的是碰巧真实，只要他自己"美美地被它说服"，那么他至少不会哭哭啼啼地让别人在他死之前的时间里心情不快。

其实我们何尝不是"美美地被它说服"了！当我们"信以为真"地依靠这个假设或猜想时，某种程度上克服了对死的恐惧，确实感觉到了某种"提升":我们的生活仿佛变得充实了,感受到一种满足,这种满足真的比吃到好吃的东西要大得多,令我们更加向往!根据这些说法,如果我们做一个爱智慧者,就可能做到不仅敢于面对自己之死,爱人之死,还能安慰朋友和亲人……并且,最重要的,信靠了一种美好人生的说法,使我们的在世生活有了上升的空间。因此,寻死的真正含义应该是,尽量脱离与身体需要相关的快乐的关系,尽量转向热爱智慧的生活。而所谓练习死亡其实是不断审视人生,纠正人生。

好吧,就让我们信以为真,就让我们沉浸到这番说法中去。我们需要信,需要信靠某种美好人生的说法,关于灵魂存在和不朽的说法。如果还不够坦然,还不够勇敢,就认为是自己还不够健全,还不够努力,还需要学习死亡,练习死亡,更进一步。

四

青的思绪又一次飘过钦。

青,竟第一次想到,为什么钦从没有问过他,他是否爱她。因为青自己从来没有说过爱这样的字眼给钦。但钦为什么没有问问他,不是一般女人都要这样问的吗?有时还是年年月月地问。我爱过她吗？青答不上来。但他至少不会像哈里那样肆意，因为临死而肆意。

钦当然想问，或者其实是问过的。

是在那天晚上。

教室里空荡荡的，多停留一会儿，外边的嘈杂声就远去了。教室里上晚自习的人都去哪儿了？也许，就是中国女排第一次胜利的那天晚上，所有的人都去游行了，她忘记了为什么去教室，外边很闹，教室里却静得出奇。灯光比平常显得亮了许多，课桌上、椅子上都放着书包，他的书包也在。那么熟悉，那么安静和真切，她心里的痛苦渐渐涌了上来，他和她在一起很久了，但他从没对她说过爱，他们在一起谈论一切，相拥的身影就是爱情的宣示，在别人给他们安插的爱情大旗之下，他们做着关于爱情的一切，却从没有过关于爱的字眼。他爱我吗？听不到他的心声，就像时常找不见他奔放的身影，他其实从来也没有真的属于过她，如果他还没有说爱——她想。也许，他是内向的，也许他像她一样在日记里表露了爱，羞于表达的心迹就在书包里的日记本里……于是她忍不住走过去，翻了他的书包。可里面除了课本、作业、笔记，什么都没有。

意识到了自己做的事，她心里越来越不安，她知道，她没有理由这样做。这样做是一件严重的事情。后来，她自己告诉了他，向他道歉并且要他原谅。他没有生气也没有不在意，只是轻轻地说了一句：你原谅自己了吗？这样的回答出乎意料。原谅自己了吗？她不知道，这是她从未想过的问题。这才是真正的症结。这个回答如此严厉,已经不仅是出乎意料。凭着这样的回答,钦就认定青是深邃的了。

但关于爱,他依然没有回答。自此,以至于结婚、离婚,钦再没有问到过爱。但真正懂得为什么这么做,是在钦的晚年,钦偶然读到这样一段话:"一个人永远无法确知另一个人如何看他,一旦要求确知,这种对确定性的要求就是一个人所能遭受的最残酷的折磨。"(阿兰·布鲁姆)钦豁然明了,原来自己从来就懂这话里的道理。

钦的这一段路程,青是不是也走过,不得而知。如果他忘记了钦曾经对他说过的那个晚上的事,那即使布鲁姆的话在他读的书上出现过,也必然被忽略。

那些女人,我究竟是否爱过她们?这个差不多是与哈里一模一样的提问,答案并不是为了女人,为了钦们,青只想问自己。

如果女人(男人),如果爱情,曾是我们生命中最大的热望之一,以至于唯一,难道不是在临死的思绪里最应该有的吗?该是认真感慨人生必不可少的一项吧。

不过事实是,对青此时的思绪,远在不知何处的钦一无所知,那是因为她对他的将死没有感应。还有一个事实是,钦和青自从分道,就再也没有聚首。直到死也没有。

五

太阳西下,苏格拉底饮服毒药的时刻已到。

苏格拉底说,"一旦我喝了药,我就不再和你们在一起——我将离开这儿,去往属于有福之人的幸福之境",你们"不至于因看见我的身体被火化或掩埋为我难过,仿佛我会经受可怕的事情——下葬时也不至于说,是他摆放的苏格拉底,或者是他抬的苏格拉底,或者是他给苏格拉底填的土","这类不美的说法不仅就这事儿本身来说离谱,还会给灵魂塞进某种坏东西"。那么,现在,"向诸神祈求从这一边迁居到那一边一路顺风吧!"说罢,苏格拉底"非常从容且津津有味地"喝下了毒药。

曾经亲历了苏格拉底之死的斐多说,我没有悲戚不已,我那天在旁边感受到了奇特的东西,我感到这男子汉显得幸福,终了时他的举止和他的言辞多么无畏多么高贵!我的快乐和悲哀同时混在一起,我感受到某种从未有过的感觉,一种出格的情感。在我们接触过的人当中,这个男人最好。他去往哈得斯不会没有神的担保,他会过得像是世人从未有过的好。(参见《斐多》)

我们简直不得不说,斐多给我们叙述的苏格拉底之死是一个美的故事。

人与人身体的永别是活生生、最最惨烈的，一个有血有肉的真正的苏格拉底面临死，尤其是面临与亲人和朋友的分离，真的不会痛苦？在场的朋友们即使相信苏格拉底的说法，实际上依然不禁悲恸欲绝，以至于泪下。

灵魂真的存在吗？古往今来，无论是形式逻辑还是辩证逻辑，更不用说通过科学实验，我们都无法证明灵魂存在，更找不到物质证据。但诡异的是，我们人类，竟能想象出一种看不见摸不着的东西，创造一个自己无法说明的语词——灵魂。而这种想象明明白白实实在在地参与、影响了我们对生命的感觉，这个词又像人人皆知其意，被熟视无睹地用作日常之词。

在头脑中有，在思绪中有，在思想中有，在言辞中有……最重要的是，我们理——解，真的觉得理解——灵魂——这个词。我们一点都不觉得这个词奇怪，仿佛真的想得起来前世的故事，死后会见到已经死去的人，好像天经地义。虽然要证明这样的说法，我们办不到，或者在被要求证明的时候会真心怀疑那些概念。但我们真的日常随口使用这些概念，在完全没有确认过的情况下使用。

这一切就是因为我们理解这些概念，毫无障碍。一说就理解。套用爱因斯坦的语句模式："这个世界最不可理解的事情，就是这个世界是可以理解的。"马上说出来的是：对灵魂的最不可理解之处竟是它为什么是可理解的。或者套用"存在的就是合理的"，则是：被理解的就是合理的。理解就是存在？

甚至可以说，这概念不是我们人类创造的吗，何以我们不能理解我们自己的创造？！问题在于我们根据什么创造了它？也许还有一种我们目前尚不能表达的方式，一种我们无法表达的存在，如今我们还只能通过象征，通过隐喻，通过做梦……

对灵魂的设想，源自人类企图不朽的梦想，也是有限的人类企图突破限制的努力。虽然最终不可能突破，有限与无限的距离永远是无限的，但是却有了一个永远高于有限的指引，而且不可能被有限减损。这是我们有限的人类凭借自己向无限显示的力量。在最后的时刻，苏格拉底身体力行，实在地显现了这种力量。

在这个意义上，苏格拉底就像一个先驱者，一个地地道道的先驱者。

六

你知道
最后的语词成为最后的语词
有时是通过那有人死去的绝对事实而知道的
——耶胡达·阿米亥

青死了。

直到青死了，我们才找到钦。

听到青去世的消息，钦沉默良久。然后慢慢走到桌前打开电脑，找到自己二十年前给青的一封信，拿给我看。

青：

　　偶尔打开电脑，看到过去给你的信——当然那些信一直也没有寄出。

　　现在我知道，我再也不会给你写信，写这种长信了。

　　终于到了这样的时候，我想，我还是把这种感受记下来吧。终于，我再也不想给你写点什么，因为现在一刻也不会忘记的是：你不会理解；因为现在根本没有愿望要你理解——我确凿、肯定地知道你不会理解，不论是给你写信这件事还是信的内容，都不会理解，因为这样的确凿，带来了灰心和彻底的失望，带来了漠然。

　　漠然，人与人之间最没有意义的关系，终于在可能产生最有意义的关系的两个人中间发生了。这是多么可悲！

　　苦笑，是的，有一种苦笑在里面。苦的是人间无情，笑的是对今天这样的结局竟心平气和。

　　还是会希望你在同学、朋友那里的形象是高尚的，是美好的；愿意你得到你希冀的自尊和荣耀；也想你做你想做的事情顺利、成功。然而却与我无关。所谓与我无关是说，你要的，不一定是我期待的；我要的，是你可能不知道的；当然反过来也一样。所以，终于你我无关了。

　　我对你不再会有建议、批评的愿望，也不会重视你对我的建议或批评——万一发生这些的话。

还记得中学里第一次对一个男同学L的感觉——哦,对你说过的。当时对自己说:无论如何,这个人是不同了,说过了许多如此认真的话,无论是更进一步,还是退一步,都是不同寻常的事情。等到有一天发现,在什么也没有发生之后,就再也不会发生什么了。而且,居然对这个发现漠然。意识到这一点的那一刻记忆犹新,对自己的漠然震惊!原来如此重要的曾经竟是真的能变成那种人们说的过眼烟云的。

这个成长的经验,今天重演了。

其实也是必然。

有时觉得自己像一个坦然的老人,看世事起伏,知道喜之后是忧,忧之后是喜,不急不躁,不指责不奢望;有时又真正像一个求知旺盛的孩子,有一大堆的愿望和计划……看不起同龄人的自负;我还有一个无限在那里:永远有的干,永远干不完。它让我无限悲观也给我无限充实。怎么又说起了我自己。打住。

当然,你的名字,还是意味,是历史。这个名字,有时依然与众不同。

也许仍旧鲜明,却没有了温度。

……

——这信,写过之后没有寄出。这样的信,青是读不到了。钦想不清楚的是,究竟是让青读过好还是就像现在这样不读、永远也没读过好?死只给你结果,不给你结论。其实很可能,过于武断了,钦遗憾或者懊恼地想。你究竟是否真正了解他——无论怎样,你都无法再去问他一切。

年轻的时候读《飘》,哦,封皮上那片绿色的叶子至今依然在眼前飘……如果说,钦曾经在白瑞德身上认出了关于男人的品质,比如沉默,比如隐忍,比如欲望的激情,那么最印象深刻的是他终于离开郝思嘉时,无论思嘉怎么哭泣怎样说没有他她无法活下去,他只是平静地说"我不在乎了"——那真是一种教人瘫痪的绝望……如今她爱他是她的不幸了,就像从前他爱她是他的不幸。经历过心碎的人,最懂得瑞德走进暮色中时的决心和平静。

但是现在,就好比瑞德或者思嘉,有一个死了。直到死发生,钦才明白无论是白瑞德的决绝还是青的杳无音讯,跟死比起来,简直意味着一切可能。只要不死,就没有绝望。

绝望即绝对的无望,绝对的不可能。绝对就像一堵墙,总是、永远没有回答,只有被撞。在有限的生命过程里,只有死具备绝对性。我们诅咒死,惧怕死,逃避死,拿它当一种绝对的坏东西。岂不知,可能与无限对峙的,却只有绝对。

比如有了死,那某一个见面的平凡之夜成了最后一夜,最后,就有了它抵挡之前所有的夜的意义;还有比如一句话,比如苏格拉底在整个腹部已经渐渐变冷的时候,竟又大声说道:"克里同啊,我们欠阿斯克勒皮奥斯一只公鸡,你们可得还,别不放心上。"这最后一句话,令多少哲人思其含义,愿其意味深长。

这绝对性竟也有益处,只有它让你看到无限,只有它的彻底阻挡使你回身转向自己，只有它的永远沉默使你喃喃自语……它让你走进乞力马扎罗山巅，让你"回忆"起青的思绪，让你翻开往日的书信……"看见"过死，你才能领会到苏格拉底之死的美，看见死，才能"看见"灵魂，信靠一种美好人生的说法，才可能过一种值得过的，有省察的自觉人生。

七

哈里诗意地进入飞翔之死，令我们羡慕不已。

大限来临，各种盾牌都撤了下去，当身体的强烈存在渐渐退却，青终于有了时间和机会看到了死的缝隙，凭着这光，他正在练习死亡。

海明威的写作行为，则把那树，那山，那雪，那女人和往事，变成诗，变成回望的咏叹，就像徘徊在哈里的死之前，捕捉灵魂的丝丝缕缕，让最后的感觉聚集成流，变成语词。是山巅上的雪把死亡凝结成了美，还是凭着语词使那美永恒？

如果我们真的相信动画片《寻梦环游记》的逻辑假设：人死之后，还有一个最后的"终极死亡"，终极死亡的来临，取决于在活者的世界里最后一个亲见过死者的人对死者的记忆，一旦在此岸世界再没有一个人记得死者，那个死者就临到了"终极死亡"。

那么青的"终极死亡",至少要延续到钦死去的那一天。

最好不要等到没有时间了,最好不要等到大限来临,所有的钦和青们,所有的你们,你们闲暇时,就要学着慢慢回想,用力回想,直到想起那个起点,那个儿时午后的第一次失望(参见史铁生《务虚笔记》),那个夜晚的第一次秘密倾诉,想起母亲,想起恋人,第一次感动和第一次心跳,第一次自省,那些波澜壮阔的源头,那些激荡心灵的最初涟漪……

或者也可以当自己是一个写作者,真实地模仿一下死之前,看看浮现什么?想想最值得写的,无论是往事还是思绪,是现在的梦想还是曾经的梦境。

还有哈里,不要等海明威来,不要等死之后,趁早想想还有什么该写的还没有写。不要等到最后再问为什么没有写,你说你不想留下什么,其实你必然留下什么,不是你毁掉了什么,什么就留不下,不要说你没有时间了,你知道的,只要"方法对头,区区一段文字就可以把那一切都写进去"!

让我们以死的名义好好感慨,以死的名义悲恸和欣慰,以死的名义回溯和期待,以死的名义退却再起步。以死的名义练习死亡。

于是,不禁有一个不恰当的想法,当下的写作,难道不也是一种死亡练习吗?

2018.12

一件小事

伦理大叔太严肃了,看不上她的烦恼,美学哥们儿却不计巨微,只在朦胧里领悟,机缘一到,便可能搭手相救。那么,她也是有福的了。

他死后,名气越来越大了。

他早年写的剧本在剧场里上演了,主办方精心做了印有他头像的T恤作为演出纪念。

那件印有他头像的T恤,她都不敢去拿,更别说穿在自己身上了。看见那T恤,认出那头像的瞬间,她感觉到一阵刺痛般的难过。没有一点安慰和高兴,也没有感激,甚至……希望不是真的,希望是自己看错了。

人们把这T恤作为对他的爱送给她。她拿着这件T恤,心里怀着一种强烈的不接受的情绪。终于,不管别人的诧异,她把那件T恤送给了身边的人,随便谁。

她不能把这T恤拿回家,像一个玩具那样拿回家,像一件文创摆设那样拿回家,像一个令人愉快的礼物那样放进包里。她觉得那是对他的轻慢,对他的随意,是忽视他的死。

她还在痛中,人们却早已走过了他的死——这太正常,人们其实已经不在意他是否已死,节目单上有生而且有卒,可没有多少人在意。是的,多少作家已死,这与当下的戏又有何干。确实如此,与戏何干。

他的死,对她来说依然巨大的死,成了节目单上的一个数字,完全可以忽略。

死,只有真的成了过去式,成了没有感觉的生卒,成了一个顺便的说明，成了谈笑风生里的不需要任何停顿而滑过的名字……那个时候，才可以把这T恤随手塞进包里，才可以轻松地穿在身上，脸上带着笑意，在风景里拍照。

他死后，一年又一年，哀悼与纪念，各种活动一直没有停止过。他的生平，被写得越来越神奇，冠上了很多又亮又大的词，连她也被牵进了光环，虽然她从未接受过记者的采访，但莫须有的愿望和经历也被编造出来了。过去的老同学把网上那浓浓的文字传给她，她想老同学一定是发现里面有捏造之词，来指责她了，她说她无法控制，她也非常反感这样的文字。没想到老同学说，不是啊，我是为你高兴啊，你看别人把你写得多么好……
——那么连编造也好吗？！
——毕竟是往好里编啊，人家是好意！
原来竟是这样的逻辑。

好吧，她暗暗地想，反正他是肯定不知道这些事儿了。她爱他，他死了以后，还在继续——这个，他也不知道对吧？她对自己说。而你们，死人才不在乎呢，不管你们怎么说，你们就是再怎么鼓励死人，他也没法进步啦。

但确实有一种逻辑被普遍认同。一个人死后被人们记得，还不断地被纪念，无论如何作为家人——比如作为她——应该在现场，应该感到欣慰，应该感激组织者，感激赶赴纪念会的人。

但她，竟像有一种生理障碍似的，在最初的懵懂过去之后，再也无法去现场，她差不多找不到理由，唯一的理由是她不想说话，就像声带问题，无法说出他的名字，无法同别人谈论他。这是一种症状吗？

有一天，她读到了英国作家巴恩斯关于自己死去的妻子的文字，他说，日常中，他（巴恩斯）希望"……只要我想要或者需要，就可以在别人面前提及我的妻子——召唤她将成为任何平常交流的一个平常部分——尽管生活早就不再是'平平常常'的了"，可是，"没人搭茬"，"没人接话"——为此，巴恩斯对那些朋友的"评价变差了"。

她稍稍释然，那么，她可能就是巴恩斯的反应的反面吧。如果说巴恩斯要把妻子变得日常，那么她却相反，她要让他死去的事实一直赫然在，变得日常就是遗忘。

提起一个死者的名字与提起一个活者的名字有何不同？无数死人的名字在我们的文字中，言谈中，在生活的每一时刻被提到，毫无死的感觉，我们不会区分博尔赫斯死了而巴恩斯还活着，对我们来说，只有《探讨别集》和《终结的感觉》。那么，他们是一样的了？他们是一样都活着还是一样都死了？死与他们无关，他们只跟文学有关。

但贴身的死，每一种都不同，和文学和历史都无关，只和死者与活者从死到活的关系有关。别人什么也没有做错。仅仅是因为他的死在她那里，还没有死完。

确实有一种切近的死和遥远的死之别。如此而已。

可她不在现场，就意味着一种态度，意味着没有做应该做的事。但既然无法做到，那么即使应该，也无奈。好吧，她不去就是了。那是别人在做，可以不干她的事。可即使现场遥远，烦恼依然很近。

等到诚实的朋友缓缓说出：他是大家的，他不是你一个人的。——原来还有另一个症结啊！

他是大家的。因为他有名，他的名字被很多人熟知——如果你不被大家所熟知，你便无法属于大家。好吧，那么必然属于大家！任人评说是必然，这是一个公众人物必须付出的代价。有人仅凭着与他的几次交往，或者凭着对他作品里貌似的自传因素的肆意解读，或者道听途说，便写就了他的传记；有人在郑重承诺之后依然食言，做了他的雕像并且放在了她认为极不合适的地方；有人把最好的语词贴给他，甚至不惜以莫须有的故事；为什么总是听到最高的声调和最华丽的旋律……唉……这些不过都是瑕疵而已，是正常，是必然。

他活着，无疑属于他自己，可她竟然以为死后就成了她的，这就是她的错了！

但是烦恼，并不因为懂得了这道理就消失；但是烦恼，也并不因为不消失就肯定具备了理由。理由是混杂的，理由是编的，理由是狭隘的。但理由也不会因为现成的更大的理由而变小。

她总是想起他认同的理儿：人不可名大于实。她总是想起。

她默默地希望他的下一个忌日能够无声无息，能够安静度过。这愿望一直没能实现过。

唉，又有多少人家故去的亲人会得到那么多的纪念，她如此奢侈，还要矫情。但是谁又能容忍亲戚或邻居在闲谈中对他至爱的亲人哪怕最微小的不实之词呢。

那么，她烦恼，也无可指责。只要她仅仅自己烦恼就行了，只要不发声，只要沉默，就谈不上过错。一个智慧的朋友教她：你要克服自己，自己屏蔽自己，主动不去看、不去听可能让自己不适的文字和其他各种形式的表达，这样就既能不伤害别人，也避免烦扰自己。她似乎明白了，这才是她能做的和该做的。

人究竟能做什么该做什么，是不是死者最明了？老觉得他们貌似全知全能啊！他们不睬我们，不是看不到，而是笑我们小题大做，就像孩子没有吃到大白兔奶糖使劲地哭，老了看到那段哭着的视频笑死了——死了还能笑死么？

可世间的人就是这样，把每一件事都当成事，不断地被道理拯救，又一次再一次地跌入。

又一个周年忌日即将来到，又一个纪念活动在筹备中，组织者找到她，希望她提供他往日的照片和影像资料，便于更好地去做这个活动。她又没有了理由，她似乎只有去提供。但是她为什么要用实际行动去支持一个自己其实不赞成的事情——如果她没有这个义务和责任？但是提出要求的是过去曾经帮助过他的朋友——何以拒绝这样的朋友？

纠结中。

纠结就是悖谬，就是左也不是右也不是。对了，当然最最纠结的——这个词太小实在不适合这里——要数亚伯拉罕了。那不是纠结，那是恐惧与战栗。儿子和上帝，还有什么比得了这个！

——但是，你要深信，"神必自己预备作燔祭的羊羔"。

好在我们凡人，只会经历平凡的纠结。难道我们不是从无数的纠结和悖谬中走过来的吗？每一次都迎风化解了！事实是每一次都没有纠结至死。那化开纠结的，是谁？

她想起了克尔凯郭尔讲过的一个故事，不妨引在这里：

> 一个少女秘密地坠入爱河，但双方都未曾袒露真情，旁人更无从知晓。她的父母强迫她和另一个男人结婚（他们会利用女儿内心的责任感来说服她）。她顺从了。她将自己真正的爱隐藏，以免他人难过。没有人会知道她内心所承受的痛苦——又或者，一个小伙子处在这样一种境遇之下：只要泄露一个词儿，就能占有他朝思暮想的渴望之人。但这个词儿的泄露可能将毁灭——是啊，谁知道呢，这种可能性想必存在——整个家族。他高贵地选择了留在隐秘之域，他想：那个女孩一定蒙在

鼓里，她和另一个人结婚同样可以幸福。多遗憾啊！两个人都对各自的所爱隐瞒了真情，而同时，这也造成了一种更高的联系——他们的隐匿是自由的行为，在美学上当然要自负其责。可是，美学是个殷勤而善感的管家，它解决问题的方法比所有的管家和经理都要多。对这件事，它会如何处理？它早已为恋人们打理好了一切。在婚礼按计划隆重举行之日，借助巧合，大家突然知晓了这对秘密恋人牺牲自我的崇高决定。于是，一切得到了解释，于是他们得到了彼此。作为奖赏，他们甚至得到了英雄的名号——尽管他们并没有为那崇高决定而纠结多久，因为美学管家马上就知道了一切并给予宽慰，仿佛他们已英勇地为之奋斗了好几个年头。确实，美学不看重时间的延续，无论是为了诙谐抑或认真的目的，美学总是脚步匆匆。

（引自《恐惧与战栗》，赵翔译文）

这个克尔凯郭尔的美学英雄，什么时候来到她的身旁？

那天黄昏，她又被这个纠结打扰，不自觉地，在电脑里找起那些照片和影像。居然，居然，找不到了，又翻出几个硬盘，都没有！找遍了也没有！不可能的事，但是确实找不到啊！起初她吓得惊慌，那当然是她最最宝贵的。但瞬间她就明白了，她猛然醒悟，这不是美学常常的套路吗？巧合，对，巧合不是常常发生的吗，简直稀松平常啊，为什么不可以发生在这儿？！她知道这就是美学来帮忙啦！正像克尔凯郭尔说的那样，它妙计横生，它有时隐匿，有时又突然横空出世进入我们的故事和人生。美学着实是个好管家。有些家什,最知道什么时候能够找到,一个箭步就取着;还有一些家什,更知道什么时候就是找不到,翻箱倒柜也找不到,真的是真心实意也找不到。你对它发不出脾气——是的,确实那些照片和影像都找不到了,无论你惊慌还是竟为以如此大的代价得到一个拒绝朋友的理由而松一口气(简直岂有此理!),总之,要认命!

找不到了——但是绝不能找不到了!

此时她必须想起那无数次发生的找不到身份证的经历和结局。最后,最后终归会在曾经找过三遍的包包里发现那证件安然就在里面,一直都在里面,但它却让她三次、五次都找不到,它让她甚至去派出所补办了一个临时身份证出行。

所以她必须确信,那些照片和影像必然安然无恙地在某一个不在手边的硬盘里,在静静待着,无论如何绝不会真的离她而去。就凭着死者对她的护佑,那些东西也一定安然无恙,安然无恙!而现在,那属于克尔凯郭尔的美学哥们儿,是在帮她,以一种最不伤害朋友的方式帮她。

伦理大叔太严肃了,看不上她的烦恼,美学哥们儿却不计巨微,只在朦胧里领悟,机缘一到,便可能搭手相救。那么,她也是有福的了。

那么克尔凯郭尔,也并不总是使人"恐惧与战栗",以至于"非此即彼"的,而是可以"或此或彼"的。那些书里的营养取之不尽,她只能汲取她能和她想的。她当然没有勇气和机会去做悲剧英雄，更没有做信仰骑士的使命。但我们凡人的日子里总是有美学的身影，在远处匆匆而过，在近处擦肩而过，却看不见摸不着，是的，美学总是神秘又善变。

迷恋美学吧，她想，从此要更加警醒，要学着在美学的隐匿中呼唤美学，又同美学一起呼唤隐匿。因为深不可测而流连忘返，因为流连忘返而一瞥惊鸿。

还有啊，以后要记住，如果再一次找不到身份证，就要思量那样的出行是否该撤销，要对美学那玩意儿敏感啊！从正反两个方面。

当她写完了这些字，忽然感到一阵轻松，她又经历了一件小事。

2019.9.23

一

抵达

一个最美的女人对一个男人是多么重要的啊，一个男人的印象里有一个最美的女人，该是怎样的人生幸事？如果你向往高贵，如果你勇敢，你坦荡，难道没有她的一丝功劳吗？你为什么单单记住了她，或者把美赋予了她，而不是别人，或者更准确地说，你为什么会"看见"最美的女人，是世界上有最美的女人而恰巧你有了这个福分？当然不是，那是因为你心里原本就有一种最美，你心里原本就是要爱女人，所以，你的目光里自带耀眼的光？

一

你说，每一个人着实都与别人不同，听的人，他就说你说废话。又有人说："每一个人都在自己身上带有一种创造性的唯一性，作为他人生的核心；如果他意识到这种唯一性，在他周围就出现一种异样的光辉，非同寻常之人的光辉。"听的人不吭声，若有所思，他想到了自己正遇到的坎儿。

他可能就是画家库尔特·巴纳特。

那些日子，巴纳特一天一天地坐在画架前，从白天到黑夜，一笔都没有画下，画架上只有空空的空白，就像只是"在白板上涂白色"，这样的日子日复一日，持续很久了。晚上巴纳特回到家里，沮丧寡言，躺在床上，睁着眼睛睡不着……

他知道他不该画什么，不该画那些别人的东西，不该模仿，不该跟着潮流。但是他究竟该画什么，要画什么，想画什么呢？

出生在东德的巴纳特从小具备绘画天赋，他有一个做艺术家的小姨，对他影响很大，成人之后巴纳特表现出极强的艺术天才，成了小有名气的画家。后来因为无法忍受意识形态式的创作，他与女友一起逃至西德。在这里，巴纳特第一次见识了西方现代先锋艺术，那些千奇缭乱的画法，那些装置艺术、行为艺术让他几近迷失。他企图向时髦的现代派学习，做了颓废奇异的石膏人体，又在金属网构建的人体上裹以废旧报纸，还仿效用刀子割画布，但加上了自己带血的"致敬"……他很聪明，对先锋艺术不无领会，作品亦不无奇思新颖。

一天，对巴纳特独有偏爱的老师安东尼乌斯·范·维顿教授走进了他的画室。维顿教授在学院里是一个显得神秘的人物，特立独行，行事果敢。特别是他一年四季永远戴着毛毡帽子，据说连做爱的时候也不会脱掉，而且，他只用毛毡和油脂来工作，他的作品质料永远离不开毛毡和油脂。他在巴纳特的那些现代"作品"边转了几圈之后，沉默良久，未做评论，然后，他向巴纳特讲了自己的故事。

二十二岁那年，战争中，维顿驾驶的战机执行轰炸任务时在克里米亚上空被击落，战友当场毙命，他则在颅骨、肋骨和四肢均严重受伤的情况下被当地的鞑靼人从飞机残骸里救出。在鞑靼人的家里，鞑靼人日日用动物的脂肪抹他的伤口，然后再用毛毡把他裹起来……天天如此，整整一年，他们以他们能做的所有方法终于使他活了下来。从此，那脂肪和毛毡，成了维顿教授一生的最"爱"，它们渗透到了教授的体内，他的骨，他的肉，他再也离不开覆盖在自己皮肤上的毛毡跟油脂的感觉。

他对巴纳特说，那是他"在这一生中真正感触到的……那些我不用依靠欺骗就能坚持的……"东西。说完，教授离开画室，走到门边时，竟脱帽与巴纳特道别：巴纳特看见了血管凸起伤痕遍布的头顶。原来这是教授不愿脱帽的原因。那是路过死神的印记。

什么是"不用依靠欺骗就能坚持的东西"？凭着巴纳特的悟性，他知道了他不该画什么。于是，巴纳特烧掉了先前做的那些表面的、虚假的作品，清空画室，开始重新坐在画布前，从"在白板上涂白色"开始。

库尔特·巴纳特是电影《无主之作》的男主人公。专业一点的观众会知道电影里那个维顿教授的经历部分取材于德国著名观念艺术家约瑟夫·博伊斯（Joseph Beuys）的真实生平。于是我们不妨把博伊斯的话看作维顿教授的："艺术应该是以一种完全渗透进感觉的方式去体会。这意味着一个艺术作品能够进入你的身体，你的身体也能够和艺术作品融为一体。"巴纳特明白了，教授说的不用依靠欺骗就能坚持的东西，来源于他无可替代的生死经验，那经验以毛毡和油脂的形态，烙在了他的身体上，他的艺术创作，即是对这种感觉的重温、探索、深入、捕捉、呈现和表达。如果对维顿教授来说某种至关重要的东西是"油脂和毛毡"，那么对巴纳特来说是什么？

挥之不去的是小姨的微笑，是小巴纳特撞见小姨美丽裸体时的惊骇，是小姨在纳粹的毒气室里的死，是巴纳特的岳父，一个前纳粹军医那张伪善的脸。

是小姨被纳粹抓走时，被警车门挡住了的，小姨的无声呐喊"绝不要把目光移开"——凭口型，巴纳特就知道小姨说的是这个,因为她说过这话啊!而"绝不要把目光移开"!这又多么像在说:你要看啊,专注地看那对——你——至关重要的东西!

终于,巴纳特的画笔在白板上开始移动,小巴纳特和他的小姨,一张儿时的照片被临摹到了画布上;偶然得到的一张岳父齐班德的证件照被临摹到了画布上;报纸上一个潜藏的前纳粹变态杀人犯终于落网的新闻照片被临摹到了画布上……巴纳特又"随机"地把岳父的证件照"融"进了他自己幼年与小姨的合影里,那头像的轮廓与那个杀人犯的形象似乎要重叠——这是真实的吗?或者,至少不是和谐的吧?

凭着前纳粹医生齐班德办公室里的座钟,挂在墙上的他女儿的彩铅画作,还有恐惧的小姨紧靠着的那个逼仄的墙角,观众已经知道,那个岳父齐班德就是杀害小姨的凶手。然而巴纳特不知道。对巴纳特来说,小姨赤裸全身弹钢琴的场景,已经深深刻进脑海,那是小姨作为一个艺术家的"越界",一种青春的狂热,这个场景,没有被歪用,而是将巴纳特正确地导向了警语:绝不要把目光移开!当小姨的美丽和诚实越来越深地刻在巴纳特的心灵上的时候,小姨的梦魇仿佛也一同来到了,显现了,又仿佛在齐班德的眼睛里,表情里,身形里,那梦魇找到了对象。岳父的为人和做派让巴纳特那么不喜欢,甚至他自己的女儿也不喜欢他。齐班德对待自己的女儿也是那么残忍,为了所谓血统的纯粹,竟然偷偷企图使女儿绝育。下意识里巴纳特似乎洞见了这些行为与那个纳粹医生对待小姨的行径如出一辙……

在巴纳特寻找内心真实的过程中，当那个纳粹杀人犯的形象与岳父的照片渐渐混淆模糊、重合的时候，巴纳特的画作亦渐渐趋于完成。令人诧异的是，这画作竟无意地击中了事实，使得漏网的岳父齐班德暴露——他就是杀害小姨的那个纳粹医生。就好比内心的真实击中了物质的真实。

与其说巴纳特"碰巧"揭露了真实，画出了真实，不如说巴纳特画出了他的印象，他当然没有看见也没有证据，证明那个杀害小姨的凶手就是岳父，但是，那个杀人犯的嘴脸在他的印象中汇聚停留在岳父的肖像上，在朦胧中凸显。就像真实在暗暗发力，必然地发力。

巴纳特的作画过程，就像某种回忆。他在"临摹"好的照片上，又用画刷将其模糊，以至于近乎刷掉清晰的轮廓，或者细节，而叠进去的另一张看起来与之毫不相关的照片，也依然是模糊地叠进。为什么模糊？那模糊很可能来自幼年巴纳特挡在自己眼前的那只小手，那只小手曾经企图挡住小姨的裸体，也曾经企图挡住纳粹胁迫小姨的惨烈。企图遮蔽的手，要挡住真相，挡住恐惧，挡住残酷，不要看见。没有看见，就没有记忆。遮挡使细节缺失，遮挡使事实模糊，那平刷的模糊痕迹，既记忆过去，又遮挡过去，既唤回过去，又模糊过去。过去既被悬置，又挥之不去。如果说照片其实是一种事实，那么事实在这种笔法下，被模糊，被混淆，变得朦胧，变得隐约，变得难以辨认，或者竟与另一张照片——与别的事实——组合在一起"制造"出新的"照片"，使得那绘画作品有时像一种遥远的印象，有时又暗示着某种关联，有时又可以赋予其任何观看者自己的意味。

这个过程中，那些挥之不去的印象聚集、叠加、衰弱、模糊、凸显，最终趋近另一个"事实"——一种新的"真实"，新的"照片"。这真实，不是照片上的名字，不是某个事件的真相，而是真实的心境或者真实的梦魇。

关于新照片，巴纳特确实说：我在制造照片。好吧，我们还是不能忽略巴纳特的原型是西方著名抽象派画家格哈德·里希特（Gerhard Richter），里希特是这样说的："描绘事物，懂得选取角度，是人类所独有的；艺术使之有所意义，并给予它形态。如同在找寻上帝一般。""我们做出判断，并塑造出一个真理用以排除其他事实真相。而艺术在这个真理制造的过程中扮演重要角色。"那么是说，艺术的真实不是现实的真实，而是感觉的真实，心灵的真实，印象的真实。这样的真实必然是和谐的，因为每一样真实都是和谐的。所谓艺术的和谐正是艺术的"真实"。

（如果说，库尔特·巴纳特的成功是因为他找到了自己的"真实"，那么，一个看来平行或相似的不妨是，这部影片之所以"打动"了观众，影片的成功，可能正是因为其中有约瑟夫·博伊斯和格哈德·里希特两个原型人物的"真实"做底色——当然这绝对是太机械的。）

我们来自哪里，去往哪里，为什么度过，这些根本问题，不一定以直接的方式被我们知觉，实际上往往是通过我们的意识向我们"传达"的。每一个故事，每一次冲动，每一道痕迹，都可能埋藏着我们对生命根本的回应，等待那回应的，有时隐约，有时尖锐，有时疼痛难忍，有时还显得毫无迹象、永在深处。但它们在等待突破，突破的那一刻，不是以哲学的方式，就是以艺术的方式。一种抽象，一种感性。

那意识，就是"我"，就是我对我的意识，就是我对世界的"报答"。寻找他们，如同寻找上帝，寻找神赐。这回应必不能肤浅，不能虚假，不能欺骗，在触及根基的回应中，真正的好作品显现了。如同一段经历终于生成，就像在巴纳特身上，那隐约在深处的，从萌生到"长成"——成为一种真实，成为一幅画，成为一种风格。一幅值得看，一看再看的画；一种新形式，一种富有意味的可能。那幅画，那些作品，最后竟成了巴纳特自身的一部分。那么，它们怎么可能不和谐，怎么可能不美。美并不是快乐，美就是和谐。和谐不是快乐，和谐是存在。我们完全可以说，库尔特·巴纳特的成功归功于真实，不是真实地反映了真相，而是真实地反映了内心。

在得到赞誉、成功后的记者会上，巴纳特说他"临摹"的那些照片都是随机的，不过是一些旧照片而已。这令人想起原型里希特，起先他也否认了选择"模拟"照片的动机，后来，他承认了当时这样说是一个"保护自己的借口"，事实上"画出这些悲惨人物、杀人犯及自杀者、一事无成的人等并非偶然"。巴纳特当然也绝非偶然，绝非偶然地选了这些照片，绝非偶然地用了这种形式。那些作品看似"无主之作"，那些人物仅仅是类型，是母亲和女人，是抽象的过去和记忆。然而它们怎么都不能不是巴纳特的童年梦魇，不能不有关小姨，不能不是小姨的化身，那从高台阶上走下来的最美的裸体——他的爱人,不能看不见德累斯顿那家医院的那间诊室的那扇门……难道不是吗,每一个人物都有原型,每一种颜色都有意味,每一种手法都暗示企图,每一个细节都有出处,每一幅画作都是有主之作。

那么,里希特也必然有他的"小姨"和"杀人犯",有属于他自己的"油脂和毛毡",不是哪一个具象,而是代表他的那个"唯一性"造就了他,那是一个真正的起点,意味着真实可能性的起点。艺术是可能性,但不是为了可能而可能。一种可能性不是凭空而来,不是为了不同,而是每一个人着实都与别人不同!至此,库尔特·巴纳特再一次听到了:"每一个人都在自己身上带有一种创造性的唯一性,作为他人生的核心……"他清晰地确定,这是尼采说的。

二

对于我,这唯一性是什么?芩不禁默默问起自己来。自从儿子死后,作为一个曾经的花卉画家,她不仅再也无法画盛开的花儿,也几乎无法再画任何什么,她像巴纳特那样,天天坐在画布前,看不见值得画的任何东西。

对于芩来说，她拥有的，似乎就是"什么都不想画"，这是什么？这个"什么都不想画"也是可以画的吗？儿子死后，芩好像第一次看见自己，看见了自己十年来的生活的真实。

儿子的房间里挂的是梵高画的柏树，那几张柏树的素描，枝叶像燃烧的火焰，隆隆滚滚。现在，芩说，那是黑色的火焰。儿子被吞没了。整整十年，芩再也不敢跨进儿子的房间，那是她的梦魇。她那本来就不能痊愈的心，绝不敢去重温，不敢再去撕裂，再去流血。

她的日常，变成了越来越久的窗前长坐。只有树，让她能够一天一天从早看到晚。无风的日子里的长久静谧，就像对死的坚持哀悼；狂风下仿佛要被撕裂斩断般的，就是随时降临的死；微风中轻轻的绿色摇曳，才是一点点平安的生命……

芩渴望的，似乎不是任何什么，只有寂静，她想要什么声音都没有，或者什么声音都不再被听见，在那无限的寂静里，或许天上儿子的讯息会传来。

确实，还真的有人想要寻找真正的、绝对的寂静之地，寻找"一块百分之百没有噪音的自然之地"[1]。但所谓没有噪声，只能排除人的声音，和人造出的声音。那么，芩不想听的其实是属于人的声音，当活者的人间之声消失，死者才能被听见？她想去掉人的存在，只在自然之地里。在那里，只有风雨与树，只有树可以奏响风，只有大地能够敲响雨，风来雨过之后，大地与树的寂静就像永

---

1. 语出《一平方英寸的寂静》。

远一样纹丝不动；在那里，亦有虎或者兔，它们奔跑时触碰大地发出了声响，等它们跑过，在响动与响动之间，就会出现虽然短暂却如无限般的寂静。那种寂静，她想了很久，该是用一个词来说的，那就是死的寂静，是人之死。那时，死就可能浮现，以一种无声的意象，只有在无比的寂静中，那意象才显现，那种寂静，苓好像听见过，仿佛曾经感觉到。但那种感觉总是稍纵即逝，总是惊鸿一瞥，就像抓不住的死。就像声音与声音之间的刹那。

事实上，声音从未停止，那个发生在之间的刹那，真的存在过吗？死之寂，真的被听到过吗？就如死，曾经复活过吗？是复活在无限寂静的那一瞬吗？或者，如果没有复活，那死，是何以死完的呢？难道不是吗，如果死还在，就还没有死，就不是真的死？死不在的方式是怎样的？有一种死叫作"彻底的死"吗？怎样才能让死消失？物质地消失还是在思想里、头脑里消失？不，是如何在心里消失，如何才能感觉不到心的疼痛，除了让心脏停止跳动，还能如何？忘记死，就是死的消失吗？喝了孟婆汤能忘记，是说必须死了才能忘记死？如果没有了死，又何以证明活呢？如果必须有死，如果死是为了证明活，那么难道为了没有死，我们就该都去死？因为有活，才有死之痛，还是有死，才有活之痛？在死面前，撞死的可能赫然存在。

我们是可能奏出寂静之声还是可能画出死之寂静？什么是什么都不想画，那个"什么都不想"该怎样画出来？"什么都不想"很像死吗？

死是一个事实，这个词多么真实、可靠，坚不可摧！

死是多么诱人，与死相见，岂不是活者之复"活"，是彻底痊愈的曙光？

人活着，也会仿佛像死去了一样吗？或者还有一种死，就像一直还活着？究竟是活在活人的心里，还是死在活人的心里？

在思绪的持续和深入里，芩进入了绝对的寂静，渐渐地，那人们说的"初阳抚上大地的声音"[1]，那最最难以被听到的声音，就快要被芩听见了，那种声音，作为生命起始的声音，当然最可能被"热爱"死的芩听见。

忽然，芩对自己说，如果画，我只想画死。

三

终于捱不过想念他，钦千里迢迢来到青的城市。不因为她千里迢迢，他就有欠于她。是她强迫他接受她的到来。她也不觉得自己无辜。她诚惶诚恐。

然后。

他送她上火车，希望她尽快离开这座城市。她没有说话，事实

1.语出《一平方英寸的寂静》。

上，从来到这座城市到现在，关于他们——之间，其实她什么话也还没有说过，或者是：她总以为还有时间，就像认为他们还会在一起，一直不会结束；她没有说的愿望，也没有说的力气，只是跟着时间，跟着他，跟着自己高跟鞋的节奏，如果不停步，就必然踏上回程的火车。

她已经上了火车，已经坐在了窗前。看到他在站台上，等火车开。她仍旧没有说话，那是因为她的整个身心都停下来了，似乎感觉不到周遭的动静。车开起来，因为她坐的位子脸朝着车头的方向，站台上的他很快就被闪过，站台徐徐向后隐去，她没有动，没有回头，没有回过头去再看一眼站台上的他。

然后她有了一点意识，想到自己刚才可能是故意的，尽管他宣称不爱她，可是临走，她没有依依不舍，还是会让他诧异的。她总是毫无保留地显露她对他的爱，他很习惯了。不过这只是一种理性的解释。至于什么吊胃口，这一类在今天看来并不属于恶德的"故意"，或者称为恋爱的"伎俩"，她从来不会，天生不会。并且一点也不以此为荣，为此甚至有一点自卑——自己作为一个女人是不是不纯粹？

可在她的记忆里，下面的一幕才像真的发生过，或者叫"真实可能"的，符合他和她之间状态的逻辑：

> 沿着长长的站台，他送她上火车，他们谁也没有说话，沉默却并不沉闷地走着，为的是走向目标车厢……那一段路上，她不记得在想什么，似乎只专注于走路，只能听见高跟鞋着地

的声音，快要到车厢了，在就要上车的一瞬间，突然，他一下子把她搂过去，抱紧她，但是在她还没有反应过来的时候，他就已经松了手。然后，没有尴尬，也没有抱歉，就像什么也没有发生，他说："上车吧。"她在惯性中，上了车，也觉得什么都没有发生。直到车开起来，她才想起，刚才的一幕，发生的一幕，简直没法回忆，因为太快了，没有开始就结束了，因为自己，那个有感知的自己，当时不在那儿。她只能凭理性相信刚才发生的，思绪也无法进入其中的意味，一想就断链子。好像是一张画，贴在她和他关系的进程中，必然又突兀，不能也不愿说明什么。却又实在地说明了什么。

他不爱她，她知道——她想，她坐在车上想，这是结论，应该在日记里这样写。

这一段，这发生和这想法，是真正杜撰的。但钦固执地认为，这虽不是真实发生的，却是真实可能的。要是用现成的什么"虚幻的愿望""潜意识"来解释，则是浅薄的。

在这一天之前和之后，他和她有过无数次的肌肤亲密——真实的，可以记起的。而进入有意味的回忆的，值得一写的，却更是这一天的，就是上面那一段杜撰的——印象。

因为爱，而无法不爱，因为不爱，所以无法爱下去；或者，她因为爱，而他无法不爱；他因为不爱，所以她无法爱下去。也或者其他。

这一"真实可能"的情景和思绪，一再地被钦"回忆"，以至执拗地进入了钦的"真实",以至于终于覆盖了原先的真实,刻在钦的印象里。于是不禁要问:"真实是什么呢?真实?究竟什么是真实?"一个作家也曾经执拗地这样问过,他说他更相信叫作"印象"的真实,因为很可能"在我的心灵之外并没有一种叫作真实的东西原原本本地待在那儿。真实,有时候是一个传说甚至一个谣言,有时候是一种猜测,有时候是一片梦想,它们在心灵里鬼斧神工地雕铸我的印象"[1]。

难道不是吗,进入我们记忆的,全都是印象,如果没有录影来证实,我们永远找不到真实,但我们着实"记得"那光线,那背影,那张脸,那个手势,那句话的意味像一种味道,似乎模糊了,一旦泛起,又能断然确定对还是不对。那个人,到底有多高不知道,但他就是很高啊,因为他说的话总是显得很远?她很漂亮的,你一直都这么记得,因为她的温和还是因为她的裙子?不知道,反正你的印象跟她的照片对不上,但是她就是漂亮的,你一直都以她的漂亮作为尺子来找女友,你就是要找一个像她一样美的女人,简直可以说,确实因为她,因为她留给你的印象,使你的标准有了依据,或者使你的依据有了标准。至于究竟,是她起先那个美丽、高贵的伫立,还是后来你为自己创造了她,已经难以分辨,重要的是,她在你的印象里是一个最美的女人,一个最美的女人对一个男人是多么重要的啊,一个男人的印象里有一个最美的女人,该是怎样的人生幸事?如果你向往高贵,如果你勇敢,你坦荡,难道没有

---

[1].引自史铁生《务虚笔记》。

她的一丝功劳吗？你为什么单单记住了她，或者把美赋予了她，而不是别人，或者更准确地说，你为什么会"看见"最美的女人，是世界上有最美的女人而恰巧你有了这个福分？当然不是，那是因为你心里原本就有一种最美，你心里原本就是要爱女人，所以，你的目光里自带耀眼的光？那么是说，如果没有你，就无论如何不会有她？于是，那功劳确然是你自己的，你的印象属于你？在后来成为男人的旅途上，这印象日日夜夜跟着你，成为你的一部分，难道不是吗，一个心怀美丽高贵女人的男人，毕竟是带上了另一种模样，他因为向往高贵，竟可能渐渐高贵起来，因为执着于美，而自身也加入着美，那么，这印象反过来又在塑造你？不是她，而是那关于她的印象，塑造了你，参加了对你的塑造？

现在差不多已经弄不清了，是先有自己才有（这单属于自己的）印象，还是先有印象才有（这被印象造就的）自己？有人说，印象也是愿望，甚而也是意志，因为据说一个人只能回忆与他本质相关的东西，极端的例子，比如一个特别善良之人很容易忘记恶，反过来也一样。往严重说，你是什么人，世界就留给你什么印象？还有人说，印象也是反思，当印象一再泛起，一再重现，将会得到涤清、丰富以至转化，如果你的印象里不断"回忆"起在这个"悲惨世界"里冉阿让把烛台送给小偷的一幕，你会渐渐改变偷盗的恶习吗？更有人说，印象也是一种愿望或者理想，所以，你的印象里有你的意志，否则便不是你的印象，而什么是你呢，除了印象你一无所有。我们真的是一边在创造自己，一边在寻找自己？我们是自己创造了印象，还是印象造就了我们？真的差不多可以这样说，你是什么样的人,便有什么样的印象?

现在,果真可以把上面那位作家的结论拿来了,他这样说:"我是我印象的一部分,而我的全部印象才是我。"[1]这看起来像一个悖论,值得好好玩味。

巴纳特把印象射中了事实。我把它当作一个象征。

芩知道了,从今以后,她将是带着死活下去的人。哪有什么不好,在一旁的我,暗暗在心里敲下了一行字:至亲至爱之人的死,让我们不再怕死,因为,我们在那边有人了。

当钦毫无歉意地把上面那一幕刻进自己记忆的时候,心中坦然。如果有一天,青竟然说,那天他真的在一瞬间有那个冲动,那就是钦在通神了。

我们活着,写作或者绘画,劳作或者沉思,我们企图抵达,不是在抵达中印象,就是在印象中抵达,如此而已。重要的是找到那最核心的抵达之力,唯一之力。此时,里尔克的话绝不是毫不相干:"要探索那叫你写的缘由,考察它的根是不是盘在你的内心深处;你要坦白承认,万一你写不出来,是不是必得因此而死去。"

2020.5

1.引自史铁生《务虚笔记》。

荡漾的笑意

是的,看见这个雕像,就想起你的样子,除了你的眼睛眯缝成一条线,还总是会浮现你的笑,你整齐的牙齿,就像你永远的纯真,你的憨厚是你的鼻子表现出来的,你的黑皮肤使你不是显得老而是显得亲近谦逊,你的两颊必得支起镜框,你的笑里才有坚持和宽容,你的眼睛是深邃而明亮的,现在则荡漾在整个面庞,以笑意,你对命运终于的笑意全然凸显,那笑意满带温厚诚实,既属于老人也属于孩子。

赵莉是个雕塑家，为一个名叫史铁生的朋友做了塑像，开始于他死之前五年。赵莉，她并不知道他将会在五年之后死去。她做了一个初稿，一个未经烧铸的泥塑模型，通过电邮传过来给他看，她用的是粗犷的手法。他一看就认出了自己，就喜欢了。他从没有这样看见过自己，觉得真新鲜。我们虽然看过很多雕塑作品，但只有与自己有关的时候，才发现手法的不同，才发现不同的雕塑者与被雕塑者决定了不同的表现方法这句话的真实含义。

但是这个雕像被搁置了，在铸铁厂浇筑好之后赵莉居然不自信了，在厂里放了三年。直到五年后他的死讯传来。赵莉终于从工厂取回了这座雕像，她"静静地坐在被初春的阳光斜照的四年前完成的雕像前，无数次长久地对望'他'，再一次清理它的每一个细节……"她说她"从来没有对作品这样地自信和不自信，从来没有"。

一个有名有姓的肖像雕塑与无名的肖像雕塑，比如被命名为"加莱义民"的，比如被命名为"父亲"的，它们的不同在哪里？如果说"加莱义民"表现了义民的魁伟绝伦，"父亲"表现了父亲们的沧桑隐忍，这样的塑像是象征，是所有"义民"和"父亲"的某种抽象；那么有名有姓者的塑像最成功的要素在哪里？

显然，是相像。以一个具体的曾经真实地活过的人的名字命名的肖像雕塑为什么必须与真人相像？——这居然是一个问题，这个问题根本不成立，因为否则，这个雕塑何以存在？即使这个被雕塑者代表了某一类人，比如农民，比如作家，比如战士，但他必须首先是那一个——他，然后才是其他某一类——人。

赵莉的这个塑像，确实是"他"。如果说在他死之前这个塑像没有最终完成，那么，在他死之后，就真正完成了，就好像"他"的复活。

熟悉他的人，最熟悉他的人看了这个塑像，都说："像！"

赵莉做的塑像，没有刻出眼睛，只刻出了眼镜，不透明的镜片。有人说，这样有点像盲人，而他不是盲人啊——难道赵莉不懂？！因为人们总说，眼睛是心灵的窗口，赵莉这样做，为什么？

可是那么多亲近的朋友看了雕塑都说：神似！为什么？看不到眼睛，却神似？

我们看到了你眼睛里的笑意。

是的，看见这个雕像，就想起你的样子，除了你的眼睛眯缝成一条线，还总是会浮现你的笑，你整齐的牙齿，就像你永远的纯真，你的憨厚是你的鼻子表现出来的，你的黑皮肤使你不是显得老而是显得亲近谦逊，你的两颊必得支起镜框，你的笑里才有坚持和宽容，你的眼睛是深邃而明亮的，现在则荡漾在整个面庞，以笑意，你对命运终于的笑意全然凸显，那笑意满带温厚诚实，既属于老人也属于孩子。

有人说过，不是从脸，而是从背影，更能看见一个人的悲伤；那么我们不是从你的眼睛，而是从赵莉手下刻出的你的皮肤的每一缕皱褶里、每一处起伏里，看到了你，你的笑意。

——看见你，看到你的小眼睛跃然而出……甚至还能浮现你把玩烟头的手，浮现你的倾身，你的仰望，甚至你的笑容停下来变成了凝望——还要从侧面、从各种角度去看这个雕塑。

你脑门上深浅不一的褶皱在如此粗犷的手法下显得如此细腻，容不得一丝改动，那早已不是痛苦和艰辛，而是你的标志，仿佛生而有之。在每一缕皱褶里，都有你的视线，每一处起伏都是你的语言，都是你呼之欲出的笑意。也有时，你是孤寂的，或是腼腆的，你的笑意或许不是高兴，也不是赞许，而是某种理解，某种坦然，即使反对也还是笑，是宽厚和体谅，若是站在你的身旁，那笑意，还是拥抱，是祈祷。

赵莉因为没有雕刻出你的眼睛而最大限度地凸显了你的眼睛——这真是谈论艺术作品的一个最老套的话，然而果真如此！

没有雕刻出眼睛，却神似，"神"在哪里？

也许在皱褶里。皱褶就是脸纹，皱褶就是脸的生命，如果心灵荡漾在皱褶里，他的目光就在皱褶里。

皱褶是仪态万千的。皱褶有皱褶的语词，它们是皱褶的峭立，皱褶的角度，皱褶的密疏，皱褶的突兀，皱褶的阴影，皱褶的时刻，皱褶的速度，皱褶的领地，皱褶的光线，皱褶的涟漪，皱褶的声音，皱褶的冷暖，皱褶的缝隙，皱褶的阻隔，皱褶的固执，皱褶的跳动，皱褶的静默，皱褶的流畅，皱褶的方向，以及，皱褶的意志，皱褶的有限，和无限。

他的生命的气息，通过赵莉的手——她的手，一缕一缕地泄露，进到了"它"——那个雕像——每一个皱褶里。

还有手法。那粗犷的手法，那简单，那朴素，那厚重，那铁的质地，都正好与他相配。因为他自认为是非深奥者，但他是用尽思之力的；他是普通的，但他是发奋的；他是粗陋的，但是他仰望高贵；他是初学者，但是他敢于学习，符合刚刚出于泥土的感觉，因为即使长成大树，根始终都在新鲜的土里。

"它"不是光滑的，不是鲜亮的，它是坎坷的、崎岖的，它是被泥土砸上去的，一旦上去，就成了力量，就进入了他。她的手又准又狠，不论之前有多少思绪，一旦上手，就是决定，就达到该去的位置，就是该有的样子，那个方向从来没有错过，一直都在正确的路上。虽然这个雕像还没有完成，他生前只看到初稿，但是，他曾经看到的，几乎就是那个最后的——泥土终究被烧成了铁，因为大路已经铺就，他看得见终点。

她做最后的清理的时候是无比温柔、无比缓慢、无比坚定的。那些她读过的他曾经写下的语词就像刻度刀，分分毫毫地渗透进她的身体，传递到她的心、手、眼，就像每一个词都要准确，不能夸张，不能减弱，不能草率也不能胆怯；每一个思想都要深邃，不能肤浅；每一个故事都要去深夜，不能懈怠；每一笔每一画都不能敷衍；每一个点，每一条线，每一个面，都要与光结合。

所以，它必然像他，必然就是那个叫史铁生的人，他不是所有的父亲、农民或作家，他是特定的那一个，有他的颧骨他的眼睛他的嘴唇他的耳朵他的微笑他的目光，那基因决定的独一无二，有以他自己亲历的时时刻刻、一点一滴所创造的，有他的文字也有他的思绪，有他的悲惨也有他的幸福。

被赵莉的这个雕塑作品感动的人，几乎只能是曾经亲眼见过他的人，认识他的人，熟悉他的人，听说过他的故事或者了解他的作品的人。而一个从未耳闻过他的陌生者估计很难看到我们所看到的笑容，尤其是隐藏在褶皱里的，尤其是那后面的坦然。对陌生者，肖像雕塑就是长相，就是小眼睛和大鼻子，或是微笑和严肃。陌生者，绝"看"不出那个静止的雕像——那个人——在之前之后的动作、倾身的方向和那微笑里的语言。

抑或好的雕塑是有生命的，就是像在动之中，生动如真？以至于会使绝对的陌生者感动？很难相信，除非陌生者以雕像开始认识被雕塑者——他的作品或他的故事。

绝对的陌生者，就是陌生到不知道被雕塑者的名字，不知道关于被雕塑者的一切，那么这雕像对观者就如同一棵树和街上遇见的路人。固然可能那路人特有的长相或表情给人留下了印象，但依然要说，一个有名有姓的肖像雕塑对不知道这个名字的观者来说毫无意义。

我不以为自己有高的鉴赏力，我不是艺术家，不是雕塑家，不是评论家，但毫无疑问我是挨着那个叫作"史铁生"的人最近的人，我是最了解名字叫作"史铁生"的那个人，那么我当真有资格来说这个雕塑像还是不像，像还是特别像、很像？——我真的当真这么以为。

真的，这个雕像与他真的很像。
感谢赵莉——我竟听见被雕塑者这样说了！

2017.11.20

© 中南博集天卷文化传媒有限公司。本书版权受法律保护。未经权利人许可，任何人不得以任何方式使用本书包括正文、插图、封面、版式等任何部分内容，违者将受到法律制裁。

图书在版编目（CIP）数据

骰子游戏 / 陈希米著 . -- 长沙 : 湖南文艺出版社，2025.8. -- ISBN 978-7-5726-2533-6

Ⅰ . I267

中国国家版本馆 CIP 数据核字第 2025FA5907 号

上架建议：名家经典·当代散文

TOUZI YOUXI
骰子游戏

著　　者：陈希米
出 版 人：陈新文
责任编辑：张子霏
监　　制：于向勇
策划编辑：楚　静
营销编辑：黄璐璐　时宇飞
封面设计：沉清 Evechan　李　洁
版式设计：李　洁
封面主图：刘佳景
内文排版：麦莫瑞
出　　版：湖南文艺出版社
　　　　　（长沙市雨花区东二环一段 508 号　邮编：410014）
网　　址：www.hnwy.net
印　　刷：北京中科印刷有限公司
经　　销：新华书店
开　　本：889 mm × 1194 mm　1/32
字　　数：260 千字
印　　张：8.5
版　　次：2025 年 8 月第 1 版
印　　次：2025 年 8 月第 1 次印刷
书　　号：ISBN 978-7-5726-2533-6
定　　价：52.00 元

若有质量问题，请致电质量监督电话：010-59096394
团购电话：010-59320018